Komm, wir fliegen
nach Gran Canaria

von Drea Summer

dreasummerautor@gmail.com
Facebook: Autorindrea
Instagram: dreasummer1978
www.dreasummer.com

AF200660

2. Auflage, 2021

Herstellung und Verlag: BoD – Books on Demand, Norderstedt

ISBN: 9783750405387

Lektorat/Korrektorat: Lektorat TextFlow by Sascha Rimpl
Covergestaltung © Dream Design – Cover and Art
Covermotiv ©
   1) shutterstock_1444724516
   2) AdobeStock_100295647
   3) AdobeStock_22475187

Komm, wir fliegen nach Gran Canaria

Ein All-Inclusive-Urlaub auf der Ferieninsel Gran Canaria stellt den frischgebackenen Pensionär Heinz und seine Frau Uschi vor eine ganze Menge ungeahnter Herausforderungen: Braucht man im Süden lange Unterhosen? Haben Kinder einen integrierten Lautstärkeregler? Gibt es gesundes Essen, das auch schmeckt? Muss man im Urlaub wirklich längere Wege in Kauf nehmen als den zur Bar, zum Pool oder zum Strand?

Neben detaillierten Schilderungen der alltäglichen Schlacht am Hotelbüfett (und natürlich der atemberaubenden Landschaft Gran Canarias) geht dieses Buch ebenso einer der essenziellsten Fragen des deutschsprachigen Profi-Tourismus auf den Grund: Darf man zu Sandalen Socken tragen?

Bibliografische Information der Deutschen Nationalbibliothek. Die Deutsche Nationalbibliothek
verzeichnet diese Publikation in der Deutschen
Nationalbibliografie; detaillierte bibliografische
Daten sind im Internet über http://dnb.dnb.de ab-
rufbar.

© 2019, Drea Summer
Herstellung und Verlag:
BoD – Books on Demand, Norderstedt

ISBN: 9783750405387

Freitag, ein Tag vor Abflug

In Heinz' Magen grummelte es verdächtig. »Schtt«, sagte er und fuhr sich über seinen Bauchansatz. »Es sind noch zwei Stunden und siebenunddreißig Minuten, bis du etwas zum Essen bekommst.« Er lehnte sich in seinem Wohnzimmersessel zurück und schlug die Beine übereinander. Seine Hände verschränkte er hinter dem Nacken. Genau so hatte er sich das vorgestellt. Die Pension. Lange war es nur ein Wunschtraum gewesen, aber seit knapp drei Monaten war es endlich so weit. Er konnte tun und lassen, was er wollte. Und genau das tat er auch. Schon immer hatte er gerne im Garten gearbeitet, und auch jetzt, im Oktober, gab es viel zu tun. Heute Morgen war er schon um sieben Uhr mit seinem Rechen in den Garten gestapft und hatte das Laub auf dem Rasen zu einem Haufen zusammengeharkt. Natürlich hatte er die Blätter sofort in einen großen Müllsack gestopft. Ordnung musste schließlich sein.

Und jetzt genoss er die Ruhe bei einer guten Tasse Pfefferminztee. Doch plötzlich wurde er wieder gestört. In seinem Magen polterte es, und dieser meldete gehorsamst, dass er nun zur

Nahrungsaufnahme bereit sei. Wieder schaute Heinz auf seine Armbanduhr. Es waren gerade erst zwei Minuten vergangen seit der letzten Meldung. Wenn das so weiterging, würde er sich nicht entspannen können.

Somit stand er auf und schritt zum Kühlschrank. Er öffnete ihn und schaute sich in den fast leeren Fächern um. War er heute mit Einkaufen dran? Oder war Uschi an der Reihe? Er schaute auf den Kalender, der direkt neben dem Kühlschrank an der Wand hing. Groß und deutlich stand ein ›U‹ in dem Feld des heutigen Datums. Zufrieden mit dieser Erkenntnis ließ er seinen Blick wieder in den Innenraum des Kühlschranks schweifen. Allerdings musste er zu seinem Entsetzen feststellen, dass sich so gar nichts Essbares darin befand. Paprika, Tomaten, ein ganzer Blumenkohl, Salat und, fein säuberlich in einer Tupperdose verpackt, dieses komische Zeug, zu dem Uschi immer Kussmond oder so ähnlich sagte. Keine Wurst, keine Butter, nichts Vernünftiges eben. »Und vermutlich nicht mal Brot. Nur dieses eklige neumodische Zeug, das wie Brot aussieht, aber keines ist.« Schnell schloss er die Tür wieder und riss den Oberschrank auf. Direkt vor ihm machte sich das Brot, das kein Brot war, breit. Nur mit den Fingerspitzen berührte er es, als bestünde es aus reinem Gift mit einem warnenden Totenkopf auf der Verpackung, und schob es ein wenig zur Seite. Auf dem Etikett stand ›Nussbrot‹.

Vor zwei Tagen hatte Uschi es von ihrer

Einkaufstour mit nach Hause gebracht und ihm voller Stolz beim Abendessen präsentiert. Der erste Bissen hatte seinen Speichel aufgesaugt wie ein Schwamm. Alle Poren zogen sich auf einmal zusammen und gaben ihm keine Möglichkeit zu schlucken, da dieser Brocken immer größer und fester wurde. Im ersten Moment hatte er Angst zu ersticken. Ausspucken war allerdings auch keine Alternative, denn Uschi sah ihn mit erwartungsvollen Augen an und wartete gespannt auf seine Meinung dazu. Mit dem immer größer werdenden Klumpen im Mund nickte er und versuchte sich an einem zwanghaften Lächeln. Der teigige Geschmack des Brotes breitete sich ungehindert aus.

»Wusste ich es doch, dass es dir schmeckt«, hörte er Uschi noch sagen, bevor sich auf seiner Stirn Schweißperlen bildeten und sein Brustkorb sich zusammenzog.

Das ist der Beginn eines Panikanfalles oder schlimmer noch – eines Herzinfarktes. Hilfe suchend hatte er sich umgeblickt. Das Glas Wasser war in greifbarer Nähe. Gerade als er es nehmen wollte, nahm Uschi es an sich.

»Es ist ungesund, zum Essen zu trinken«, sagte sie. »Du weißt doch, das verdünnt das Essen im Magen und es dauert viel länger, bis es verdaut ist.«

Meine letzte Hoffnung, dieses Ding mit seiner eigenartigen Konsistenz jemals wieder aus meinem Mund rauszubekommen, ist in diesem Fall, es zu schlucken. Doch wie um alles in der

Welt sollte er vorgehen? Plötzlich kam ihm ein anderer Einfall. *Natürlich, wieso bin ich da nicht schon eher draufgekommen?*

Er hustete und prustete los. So heftig, dass seine Frau von ihrem Stuhl aufsprang und ihm mit der flachen Hand auf den Rücken klopfte. Mit beruhigenden Worten redete sie auf ihn ein und reichte ihm das rettende Taschentuch. Noch bevor er den Gedanken, dass dies eine geniale Idee gewesen war, zu Ende gedacht hatte, verhedderte sich ein Stück Nuss in seiner Luftröhre. Dies zog ein Kratzen und einen weiteren Hustenanfall nach sich, doch diesmal war er real und nicht gespielt.

»Hier, trink einen Schluck«, sagte Uschi und reichte ihm sein Glas.

Er schnappte es sich und trank hastig davon. Das Kratzen in seinem Hals wurde besser. Er räusperte sich, bevor er sprach: »Das ist ja gemeingefährlich. Es sollte verboten werden, so etwas zu verkaufen. Ich bin nur knapp dem Tod von der Schippe gesprungen. Kauf das bitte nie wieder, ja?« Er setzte seinen treuherzigsten Blick auf.

»Bleib auf dem Boden der Realitäten. Vom Sterben warst du weit entfernt. Du hast einfach nicht gut genug aufgepasst beim Essen. Du sollst nicht immer alles so runterschlingen, sondern auch kauen. Dann passiert so was nicht.«

Nun starrte er noch immer das Nussbrot im Küchenschrank an. Allein bei dem Gedanken daran, dieses noch einmal zu essen, stieg ihm die

Magensäure in der Speiseröhre hoch. Wieder grummelte sein Bauch. Diesmal lauter als zuvor.

Doch außer dem Nussbrot fand er nur Knäckebrot. »Mit extra vielen Cerealien«, hatte seine Frau gesagt, bevor sie die Packung in den Schrank geräumt hatte. »Das tut dir gut. Du musst jetzt auf deine Gesundheit achten. Schließlich bist du in Pension. Und das ist gut für den Hunger zwischendurch.«

Heinz schüttelte seinen Kopf. *Ne, ne. Ganz sicher esse ich das nicht. Da kann ich mir doch gleich ein Stück Pappe vom Karton abschneiden. Wovon mir im Endeffekt schlecht wird, ist dann wirklich egal.*

Genervt ließ er die Schranktür wieder zufallen. Irgendetwas musste es hier doch zu essen geben? Das konnte es doch nicht sein.

Nächster Halt: Tiefkühlschrank. Praktischerweise stand dieser ebenso in der Küche, und endlich, in der zweiten Lade von oben sah er Essen, so wie er es sich vorgestellt hatte. Schon allein bei der Abbildung auf der Verpackung lief ihm das Wasser im Mund zusammen. ›Pizza Quattro Stagioni‹ stand in großen Buchstaben darüber geschrieben. Er drehte die Verpackung um und las die Anleitung: »Aha, Backofen auf hundertachtzig Grad Ober- und Unterhitze vorheizen, dann circa zehn bis dreizehn Minuten bis zum gewünschten Bräunungsgrad im Ofen lassen. Das sollte ja nicht so schwer sein.«

Wild entschlossen, seinem Hunger den Garaus

zu machen, drehte er sich um und beäugte den Ofen, der ihm seine zwei Drehknöpfe und ein schwarzes Display entgegenstreckte.

»Hauptsache, Uschi hat so ein neumodisches Glumpert ins Haus geholt. Wo sind die guten alten Zeiten hin?«, murmelte er und drehte am ersten Knopf. Es passierte nichts. Er drehte weiter, doch weder das Display noch das Licht innen schaltete sich ein. Er versuchte den zweiten Knopf, und siehe da, das Licht ging an und der Lüfter arbeitete schon.

»Okay«, sagte er kaum hörbar. »Links ist also für die Grade.« Er stellte den Regler auf die gewünschte Temperatur ein, nahm die Pizza aus dem Karton und der Folie und legte sie auf das Blech. Extra Käse wäre natürlich noch toll gewesen. Aber man konnte nicht alles haben im Leben.

Mit sich selbst zufrieden schob er die Pizza in den Ofen. Er setzte sich an den Küchentisch und las die Zeitung. Schließlich durfte man nicht weglaufen, wenn ein elektrisches Gerät in der Küche an war. Doch nach wenigen Minuten des Wartens klingelte das Festnetztelefon in der Ladestation, die im Wohnzimmer stand. Er warf noch einen besorgten Blick in Richtung Backofen, bevor er aufstand und dem Klingeln entgegenschritt.

»Nussler«, sagte er in den Hörer.

»Papa?«

»Nein, Señor Nussler ist nicht hier«, quiekte er mit schriller Stimme.

»Hör auf damit, Papa. Ich weiß genau, dass du dran bist.«

»Warum fragst du dann nach, wenn du es eh weißt, Sibylle?«

»Ach, Papa«, sagte sie kichernd. »Ist Mama da?«

»Nein, heute ist Freitag, und du weißt, Mama arbeitet jeden Freitag bis sechzehn Uhr. Und kommt demnach erst um sechzehn Uhr einundzwanzig nach Hause. Warum rufst du sie nicht auf ihrem Wischdings an?«

»Das heißt Smartphone, Papa. Oder auch Handy. Und das hab ich versucht, doch sie geht nicht ran. Eine WhatsApp habe ich ihr auch geschrieben. Aber das ist schon fünf Minuten her und sie hat mir nicht geantwortet.«

Heinz runzelte die Stirn. »Aha. Fünf Minuten also.«

»Ja, und es ist voll dringend. Kannst du nicht versuchen, Mama anzurufen, dass sie mich anrufen soll?«

»Äh …«, sagte er und überlegte einen Moment. »Nein, kann ich nicht. Das kostet vom Festnetz zu viel. Sie wird sich sicher bei dir melden, sobald sie Zeit hat. Und jetzt entschuldige mich. Ich koche gerade Essen.«

»Wie, du kochst? Du hast doch noch nie gekocht. Oder machst du dir Frankfurter?« Sibylle lachte.

»Ich kann sehr wohl kochen. Und wie gesagt, ich hab jetzt absolut keine Zeit für dich.«

»Mama hat immer Zeit für mich, wenn sie

kocht.« Sibylles Stimme wurde leiser.

Alles klar, du versuchst, mir ein schlechtes Gewissen einzureden. Das konntest du als Kind bereits sehr gut.

»Sibylle, du bist über dreißig Jahre alt und wirst es schaffen, darauf zu warten, dass deine Mutter zurückruft.«

»Wenn sich Mama bei dir meldet, dann sag ihr, dass sie sich bei mir melden soll. Ja, Papa?«

Heinz schloss kurz seine Augen, und es folgte ein genervtes »Ja« als Antwort.

»Danke, Papa«, sagte sie noch, bevor sie das Gespräch beendete.

Er stellte das Telefon in die Ladestation und machte sich schnurstracks auf den Weg in die Küche. Im Gang schlug ihm der Duft nach Pizza entgegen, und ein Jauchzen entfuhr seiner Kehle, als er sie aus dem Ofen nahm. Der Käse darauf war leicht gebräunt und der Rand knusprig. Genau so wie er es gerne mochte. Er legte die Pizza auf einen Teller und setzte sich damit an den Küchentisch. Er schnitt sich ein Stückchen ab und genoss die Geschmacksexplosion im Mund.

Warum hab ich die nicht schon früher gegessen? Wie herrlich ist das denn? Das sollte ich öfter machen.

Doch es gab da noch diesen kleinen Engel, der auf seiner Schulter saß und ihm mit der Stimme seiner Frau ins Ohr flüsterte: *»Aber, Heinz, das ist nicht gut für dich und dein Cholesterin. Dein Arzt hat doch gesagt, du sollst nicht so fett essen.«*

Er hielt inne, denn da war noch eine zweite Stimme. Vermutlich das Teufelchen auf seiner anderen Schulter: »*Iss nur. Wegen einer Pizza wird schon nichts passieren. Und es wird keiner merken. Also genieße jeden Bissen.*«

Heinz war hin- und hergerissen. Klar kamen ihm auch die mahnenden Worte von seinem Arzt in den Sinn. »*Essen Sie Gemüse, und machen Sie mehr Sport.*« Doch da fiel ihm ein, dass er heute doch schon im Garten gearbeitet hatte, was doch mit Sport gleichzusetzen war. Und auf der Pizza befand sich Gemüse, also passierte Tomaten – das zählte doch auch. Somit stieß er einen zufriedenen Seufzer aus und stopfte sich das nächste Stück genussvoll in den Mund. Die folgenden Bissen schlang er hinunter, als ob es kein Morgen gäbe. Doch er wurde vom Telefonklingeln unterbrochen.

»Nicht schon wieder Sibylle«, murmelte er vor sich hin, als er sein Besteck zur Seite legte, ins Wohnzimmer schlurfte und den Hörer abnahm. »Nussler?«

2

Freitag, ein Tag vor Abflug

Uschi richtete gerade die letzten Haarsträhnen von Frau Müller. Noch ein wenig Schaum hier, ein bisschen Haarspray da, und ein perfektes Kunstwerk war entstanden. Zumindest empfand das Uschi so, und auch Frau Müller schien sehr zufrieden, denn sie nickte mit einem Lächeln in den Spiegel hinein und sprach: »Wundervoll, was Sie mit meinen Haaren angestellt haben, Frau Uschi. In drei Wochen komme ich wieder, ja? So wie immer am Freitag um dreizehn Uhr.«

»Natürlich, sehr gerne doch. Für Sie als Stammkundin habe ich doch immer Zeit.« Sie begleitete Frau Müller noch zur Kasse, und als diese bezahlt hatte, hielt sie Uschi zwei Euro hin, die Uschi sofort in ihre Jackentasche verschwinden ließ. »Danke Ihnen. Aber Sie müssen mir doch nicht jedes Mal Trinkgeld geben.«

»Natürlich muss ich das. Sie machen Ihre Arbeit so hingebungsvoll, also muss ich das belohnen. Bis in drei Wochen.« Zum Abschied winkte sie noch und verließ den Salon.

»Ich brauch kurz eine Pause, ja?«, sagte Uschi

zu ihrer jungen Kollegin, die am Tresen stand und ihre Fingernägel lackierte. *Meine Güte, das hätte ich mir nie erlauben dürfen in meiner Lehrzeit. Aber die jungen Dinger von heute, die haben vor nichts Respekt.*

Ihre Kollegin schaute nur einen Augenaufschlag auf, bevor sie den nächsten Pinselstrich auf ihren Nägeln zog und sie keines Blickes mehr würdigte.

»Du könntest in der Zwischenzeit zusammenkehren. Wäre sehr nett von dir«, versuchte Uschi, sie zum Arbeiten zu bewegen. Doch die Auszubildende rührte sich nicht vom Fleck. »Verstehe. Du kannst hier nicht fort. Der Tresen und der Stuhl haben dich in ihrem Rudel aufgenommen. Und du zeigst dich den beiden gegenüber loyal und bleibst in der Nähe, weil du fürchtest, dass sie dich wieder aus ihrer Gang werfen.«

Die junge Kollegin schaute zu ihr auf und zog eine ihrer gemalten Augenbrauen hoch. »Hä?«, kam als Antwort.

Doch Uschi hatte bereits eine Kehrtwendung gemacht und war hinter dem Vorhang in der kleinen Teeküche verschwunden. Sie schaltete die Kaffeemaschine ein und warf einen Blick auf die Uhr: 14:05 Uhr. Noch knappe zwei Stunden hatte sie heute vor sich, dann würde endlich der Urlaub beginnen. Innerlich stieg die Vorfreude, und sie malte sich bereits alles in den schönsten Farben aus. Gran Canaria, so weit hatte sie es noch nie in den Urlaub geschafft. Hier in Wien war es Oktober, die Nächte wurden kühler, und auch die regnerischen Tage häuften sich. Doch auf der Insel des ewigen Frühlings war das Wetter sehr beständig. Zumindest im Süden der Insel war es so. Und so freute sie sich auf zwei Wochen Sonne, Strand, Meer und viele Ausflüge.

Die schwarze Brühe war in der Tasse gelandet. Sie stellte sie auf dem kleinen Beistelltisch ab und kramte in ihrer Handtasche. Vier Anrufe in Abwesenheit von ihrer Tochter Sibylle. Dabei wusste sie doch, dass sie freitags immer länger im Salon war. Das war seit Jahrzehnten schon so. Seufzend rief Uschi zurück. Es kam ihr vor, als hätte Sibylle auf ihren Rückruf gewartet, denn so schnell wie diese abhob, musste sie das Handy in ihrer Hand gehalten haben.

»Was gibt es denn, Liebes? Ich habe gerade gesehen, dass du mich angerufen hast.«

»Mama, ich wollte dich fragen, wann ich dich und Papa am Samstag zum Flughafen bringen soll.«

»Schatz, unser Flieger geht um zwölf Uhr mittags. Also kannst du uns so gegen neun abholen? Du kennst doch Papa. Er steht schon eine Stunde vor der Abfahrt mit den Koffern bereit und nervt mich, weil er der Meinung ist, zu spät zu kommen. Deswegen hab ich ihm erzählt, dass du erst um zehn Uhr kommst.«

»Ja, ich kenne Papa«, sagte Sibylle und lachte. »Findest du nicht, dass er immer sonderbarer wird? Ich habe heute schon mit ihm gesprochen. Er meinte, er kocht gerade etwas.«

»Wie? Papa kocht? Liebes, da hast du dich verhört. Wir sind schon seit Jahrzehnten ein Paar, und ehrlich, dein Papa hat noch nie etwas gekocht.«

»Doch, er hat tatsächlich gesagt, dass er etwas zu essen macht. Soll ich bei euch vorbeifahren und nach dem Rechten sehen?«

»Nein, nein. Er hat das sicher nicht ernst gemeint. Er wollte dich nur auf den Arm nehmen.«

»Wie du meinst. Also, ich bin morgen um neun Uhr bei euch, ja?«

»Bis dann«, sagte Uschi und beendete das Gespräch. Sie trank einen Schluck von ihrem Kaffee. Doch noch während dieser ihre Kehle hinunterrann, bekam sie ein schlechtes Bauchgefühl.

3

Freitag, ein Tag vor Abflug

»Hallo Schnuckiputzi«, hörte Heinz die Stimme seiner Frau in sein Ohr schallen.

»Hallo Mausi«, brachte er gerade so heraus und schluckte den Bissen, den er noch in seinem Mund hatte, hinunter. Wusste sie etwa von der Pizza, die er gerade aß? Waren neuerdings Kameras in der Wohnung versteckt, um ihn zu überwachen? Kritisch blickte er sich um, konnte aber nichts Verdächtiges entdecken.

»Du, ich habe soeben mit Sibylle telefoniert. Sie meinte, du kochst für uns heute etwas. Ist das richtig?«

Und genau in diesem Moment hätte er sich am liebsten mit der flachen Hand auf seine Stirn geschlagen und sich selbst gratuliert zum Titel: Idiot des Jahres. Wie hatte er nur glauben können, dass seine Tochter es Uschi nicht erzählte? In seinem Hirn ratterte es, und die Gedanken und Ideen schwirrten wirr umher.

»Ja«, sagte er nach einigem Zögern. »Ich koche uns etwas. Ich dachte mir, ich überrasche dich damit. Aber das hat ja nun Sibylle gründlich versaut.«

»Oh, das ist aber wirklich lieb von dir. Auf deine alten Tage wirst du ja noch richtig zutraulich.«

Zutraulich! Dieses Wort schallte in seinem Kopf wie ein Echo. *Bin ich etwa eine Katze?*

»Hast du jetzt echt ›zutraulich‹ gesagt?«, fragte er nach.

»Ja, ein alter Schmusekater eben. Ich dachte, du magst keine Romantik?«

Just in diesem Moment musste er scharf darüber nachdenken, wie wohl das Kochen und die Romantik zusammenhingen.

»Mausi-Mausi. Ich muss weitermachen. Sonst ... sonst brennt mir das Essen an.«

»Natürlich. Was kochst du denn Leckeres?«

»Überraschung.«

»Okay, in circa zwei Stunden bin ich zu Hause«, sagte sie und hauchte ein »Ich freu mich auf dich« hinterher. Das Gespräch war beendet, und er stand wie angewurzelt da, noch immer mit dem Schnurlostelefon in der Hand.

Verdammt. Wie konnte ich nur so blöd sein? Es muss doch ein Gericht geben, das ich auf die Schnelle kochen kann. Nur nichts Aufwendiges.

Da fiel ihm der – zumindest in seinen Augen – leere Kühlschrank wieder ein. Schnell ging er zurück in die Küche. Wehmütig betrachtete er die Pizza, die noch auf dem Teller lag und ihn förmlich anbettelte, auch noch die andere Hälfte zu essen. Allein der Gedanke daran, dieses wunderbare Essen in den Müll zu schmeißen, ließ sein Herz sich zusammenkrampfen. Die Pizza in den Kühlschrank zu stellen und später zu essen, war allerdings auch keine Option. Uschi würde sicherlich mit ihm schimpfen. Also musste er das Corpus Delicti aus dem Haus schaffen, noch bevor sie über die Schwelle trat.

Doch das würde nicht seine einzige Sorge sein, denn zuallererst musste er ein Gericht finden, das er auch kochen konnte. Er zog eines der Kochbücher, die zu gefühlten Tausenden in jeder Ecke der Küche standen, hervor. ›Hundert Gerichte aus der asiatischen Küche‹ stand darauf geschrieben. Er schlug das Buch in der Mitte auf, und bereits dort wurde er erschlagen von verschiedenen eigenartig klingenden Zutaten: Currypaste, Limetten, Kokosmilch und Süßkartoffeln. Obwohl ihm das Bild neben dem Text schon das Wasser im Mund zusammenlaufen ließ. ›Rotes Thai-Curry‹ stand als Überschrift. Er las die Zutatenliste weiter und stellte fest, dass das Rezept für seinen Geschmack doch etwas zu viel Gemüse beinhaltete. Er stellte das Kochbuch wieder zurück ins Regal und sah sich suchend um.

Okay, dachte er sich und schaute auf die Uhr, die ihre Zeiger immer näher zur Ankunftszeit seiner Ehefrau schob – noch eine Stunde und siebenundvierzig Minuten. *Ich werde jetzt in den Supermarkt fahren und mich dort inspirieren lassen. Dort arbeiten genug Frauen, die ich zur Not fragen kann.*

Gesagt, getan. Er schnappte sich den Pizzakarton, wickelte die halbe Pizza in die Folie ein, verließ das Haus und legte den Karton in den Kofferraum seines Autos.

Keine zehn Minuten später parkte er auf dem Supermarktparkplatz. Wie auf der Flucht hetzte er in das Gebäude und suchte sich eine Verkäuferin, die ihm doch mit Rat und Tat zur Seite stehen sollte. Irgendwo in den Tiefen des Marktes fand er auch eine Dame. Okay, Dame war etwas zu hoch gegriffen für das, was er da am Ende des Ganges erblickte. Die Angestellte befüllte gerade die Regale, ihm den Rücken zugewandt. Ihre grün-blau gefärbten Haare passten so gar nicht zu dem wohlgeformten Bild, das Heinz von einer Verkäuferin hatte. Er schaute sich Hilfe suchend um, entdeckte aber keine weitere Person. Fast schien es ihm, als ob die Verkäuferin und er ganz allein im Geschäft wären. Er näherte sich ihr.

»Entschuldigung«, sagte er und bekam einen Schreck, als sich das kaugummikauende Monster zu ihm umdrehte. Ein Nasenpiercing, das aussah wie von einem Stier, prangte mitten in ihrem Gesicht. Die zentimeterbreite Schminke um ihre Augen herum hatte die gleiche Farbe wie ihre Fingernägel: Nachtschwarz. Aber das Schlimmste an ihr war das daumengroße Loch in ihrem Ohrläppchen, durch das man hindurchsehen konnte.

»Ja?«, sagte sie und ähnelte dabei einem wiederkäuenden Huftier.

Er war vor Schreck erstarrt und fragte sich, ob es die richtige Entscheidung gewesen war, um

Hilfe zu bitten. Schließlich war er doch ein Mann, und er könnte sich doch alles selbst zusammensuchen. Doch da fiel ihm ein, dass er nicht genügend Zeit hatte für so eine Schnitzeljagd durch den Supermarkt.

»Ich brauche ein Gericht, das ich schnell kochen kann. Was können Sie mir da empfehlen?«

»Gang eins. Da stehen die Dosen und so ein Zeug.« Eine kleine weiße Blase erschien zwischen ihren Lippen, dann drehte sie sich wieder um und riss den nächsten Karton auf, dessen Inhalt sie im Regal verstaute.

Heinz suchte den genannten Gang, und ein Seufzer entfuhr ihm, als er ihn endlich gefunden hatte. Die Dosen mit den verschiedensten Gerichten entdeckte er als Erstes. Gefüllte Paprika, Chili con Carne und eine Leberknödelsuppe fielen ihm ins Auge. Und ehrlich gesagt, schon bei den Fotos klatschten seine Magenwände Beifall.

Aber kann ich meiner Frau wirklich ein Gericht vorsetzen, das aus einer Dose stammt? Ich meine, schließlich erwartet sie doch, dass ich koche.

Somit ging er ein wenig weiter, und die Päckchen mit den Basisprodukten schienen für sein Vorhaben richtig zu sein. Gefühlte Tage brauchte er, um einen Überblick über das Sortiment zu erlangen, und schlussendlich griff er zu einer Packung ›Pasta Asciutta‹. Er las die Rückseite. Schnell kaufte er noch eine Packung

Nudeln und ein halbes Kilo Hackfleisch. Natürlich gemischtes, und nicht so wie seine Frau, die ihm nur Rind vorsetzte, weil Schwein doch zu fettig war. Sie würde den Unterschied schon nicht merken, und günstiger war es auch noch. Also sogar Geld gespart.

»Jetzt aber schnell nach Hause«, murmelte er, als er das Auto aufschloss und seine Einkäufe auf den Beifahrersitz legte.

4

Freitag, ein Tag vor Abflug

Pünktlich wie ein Maurer ließ Uschi ihre Schere fallen und verließ den Salon, nachdem sie sich von allen verabschiedet hatte. Eigentlich wollte sie noch etwas einkaufen, doch da Heinz am Telefon so geheimnisvoll getan und ihr ein romantisches Abendessen bei Kerzenschein – so hoffte sie zumindest – versprochen hatte, fuhr sie schnurstracks nach Hause. Sie freute sich auf den Abend und darüber, dass Heinz ihr das Einkaufengehen abgenommen hatte.

Als sie die Haustür öffnete, kam ihr ein seltsamer Geruch entgegen. Doch im ersten Moment konnte sie nicht genau sagen, was sie da eigentlich roch.

»Hallo? Heinz? Ich bin zu Hause.« Sie stellte ihre Handtasche auf die Flurkommode und ging geradewegs in die Küche, aus der ungewohnte Geräusche drangen. Wasserrauschen und ein Schlagen, das wie Holz auf Metall klang. Als sie im Türrahmen stand und ihren Ehemann vor der Küchenspüle stehen sah, traute sie ihren Augen kaum. »Heinz? Was machst du?«, fragte sie und trat näher.

Heinz drehte sich zu ihr um und grinste über das ganze Gesicht. »Ich koche.«

»Du hast die Nudeln in die Spüle reingemacht? Ohne Sieb?« Fassungslos blickte sie auf die Teigwaren, die gerade dabei waren, in jeder Menge Wasser zu ertrinken. Kleine schwarze Teilchen schwammen an der Oberfläche.

»Klar, ich brauch doch kein Sieb. Wir können gleich essen. Die Soße ist auch schon fertig.«

Uschi starrte weiterhin auf den aufgedrehten Wasserhahn, der noch mehr kaltes Wasser in die Spüle laufen ließ. Schlussendlich fasste sie sich ein Herz und drehte diesen ab.

»He? Was machst du?«, fragte Heinz und schüttelte den Kopf. »Setz dich einfach hin. Ich habe den Tisch schon gedeckt. Ich mach das schon. Heute wirst du mal von mir verwöhnt.«

»Aber, Schnuckiputzi …«, sagte sie, doch er unterbrach sie mit einer Handbewegung, die ihr anzeigte, dass sie die Küche verlassen sollte. Ehrlich gesagt fühlte sie sich in diesem Moment mehr als überfordert und hoffte, dass das Essen, oder wie man das auch immer nennen mochte, was da gerade im Hexenkessel geköchelt wurde, halbwegs genießbar war.

Sie setzte sich an den Tisch, wo bereits Löffel und Gabel bereitlagen. Leider hatte sie einen hervorragenden Blick auf das Unheil, das sich in der Küche zusammenbraute, und überlegte, ob es nicht besser wäre, überhaupt die Augen zu schließen.

Sie sah, wie Heinz mit einer Nudelzange die Teigwaren aus dem eiskalten Wasser direkt auf die Teller klatschte.

»Schnuckiputzi?«, unternahm sie einen erneuten Versuch, zumindest Schadensbegrenzung zu betreiben.

»Hmm?«, kam es retour. Heinz fischte die nächste Fuhre Nudeln heraus, und ein Schwall Wasser kam auch mit auf den Teller.

»Die Nudeln solltest du ein wenig abtropfen lassen.«

»Ach, papperlapapp. Ich kenn mich aus. Ich mach das schon.«

Uschi seufzte. Das war die einzige Reaktion, die ihr noch geblieben war. Die rote Soße schüttete er über die Nudeln und stellte den Teller vor ihr auf den Tisch. Mittlerweile hafteten nur noch feine rote Fäden an den Teigwaren. Der Rest der Tunke war untergetaucht und vermischte sich mit dem Wasser, das sich am Tellergrund gebildet hatte.

Ich hoffe, es schmeckt nicht so schlimm, wie es aussieht, dachte sie noch, bevor sie mithilfe von Gabel und Löffel die erste Portion zusammenrollte und in den Mund steckte. Die Nudeln waren eiskalt, und der Geschmack, der sich in ihrem Mund breitmachte, war sehr teigig und hatte eine dezente Rauchnote. Mit einem verstohlenen Blick schaute sie zu Heinz, der ihr gegenübersaß. Dieser schaufelte das Essen in sich hinein, als ob es für den, der zuerst fertig gegessen hatte, einen Pokal geben würde.

Mit dem Löffel nahm sie einen Teil des Soßen-Wasser-Gemischs auf und probierte es. Der Salzgeschmack war so penetrant, dass sie erschrocken zurückwich. »Womit hast du die Soße gemacht?«

»Genau so wie es auf der Packung stand. Drei achtel Liter Salzwasser. Schmeckt es dir?«

Sie nickte stumm und schob sich die nächste Ladung in den Mund, bei der sie sich bemühte, so wenig wie möglich zu kauen und gleich zu schlucken. Schweigsam aßen die beiden, bis Uschi sich nach der Hälfte ihres Mahls zurücklehnte und ihren Bauch mit beiden Händen umfasste. »Ich bin so satt«, sagte sie und richtete innerlich ein Stoßgebet gen Himmel.

»Ach, wie schade, dass du schon satt bist. Dabei habe ich mir solche Mühe gegeben. Ich werde jetzt öfter kochen. Das hat richtig Spaß gemacht.« Er lächelte sie an. Fast hätte sie sich bei seinen Worten an ihrem Wasser verschluckt.

»Vielleicht kochen wir einfach gemeinsam? Was hältst du von dieser Idee? Das macht sicher doppelt so viel Spaß. Und bei diesem Gericht hat mir eindeutig das Gemüse gefehlt. Das können wir doch gemeinsam ein wenig umarbeiten und ausprobieren.«

»Mausi-Mausi. Das ist eine gute Idee. Sag mal, etwas anderes: Hat Sibylle dich erreicht?«

»Ja, hat sie. Sie wollte nur wissen, wann sie uns morgen abholen soll.«

»Und wann kommt sie uns abholen?«

»Um zehn Uhr. Aber das hab ich dir auch schon gestern gesagt, als du mich gefragt hast.«

»Die Koffer sind schon fertig gepackt? Ich meine, nicht dass du etwas vergessen hast.«

»Aber, Schnuckiputzi. Ich habe alles

eingepackt, was wir brauchen.«

»Hast du T-Shirts eingepackt?«

Sie nickte nur.

»Wie viele?«, fragte er und schaute sie erwartungsvoll an.

»Vierzehn Stück.«

Er nickte zufrieden und sprach: »Und meine Poloshirts hast du mir auch eingepackt?«

»Ja, hab ich.«

»Wie viele?«

»Sechs.«

»Warum nur sechs? Wir sind doch vierzehn Tage unterwegs.«

»Dafür habe ich dir Hemden für das Abendessen eingepackt und für den Verdauungsspaziergang danach.« Sie lächelte ihn an, doch er runzelte seine Stirn.

»Aber ich möchte keine Hemden tragen. Ich bin im Urlaub. Du weißt doch selber, wie sehr ich die hasse.«

»Einen Anzug und deine schönsten Jeans nehmen wir ebenso mit. Schließlich ist doch bei uns im Hotel Garderobenpflicht. Ich will mich mit dir sehen lassen können. Blamiere mich ja nicht.« Ein vorwurfsvoller Blick folgte.

Heinz seufzte und verdrehte die Augen.

5

Samstag, Tag 1

Der nächste Morgen war angebrochen, und Heinz war bereits seit fünf Uhr wach. Er drückte an dem Kaffeevollautomaten die Taste, die mit ›Heinz‹ beschriftet war. Diese Idee hatte Sibylle gehabt, und ehrlich gesagt war er ihr sehr dankbar dafür. So musste er nicht stundenlang auf seine Frau warten, damit sie ihm seinen Kaffee mit dieser komplizierten Maschine machte.

In seinem Magen flogen Tausende von Schmetterlingen ungeduldig hin und her und warteten nur darauf, dass es endlich losging. Er würde das erste Mal in seinem Leben mit einem Flugzeug fliegen. Bisher waren die beiden jedes Jahr eine Woche mit dem Wohnmobil nach Bibione gefahren. Als er heute die Zeitung las, überkam ihn ein mulmiges Gefühl.

Gestern in den Abendstunden wurde ein Flugzeug ohne Funkverbindung von zwei Eurofightern abgefangen und sicher bis nach Amstetten begleitet. Erst dort bemerkte der Pilot seinen Fehler und schaltete die Funkverbindung wieder ein.

29

Allerdings hatte ihn das nicht so sehr beunruhigt wie das, was in der nächsten Zeile stand. Das passierte durchschnittlich einmal in der Woche, stand dort tatsächlich geschrieben. Was wäre, wenn ...? Wie hungrige Löwen auf der Suche nach Nahrung kreisten seine Gedanken umher. Doch es könnte auch schlimmer kommen, so wie vor drei Wochen der Flug, der wegen technischer Probleme gestrichen worden war. Dann würden Uschi und er am Flughafen festsitzen, und wer weiß, was danach passieren würde. Und wie sie dann wieder an die Koffer kommen sollten. Schließlich hatte sich Uschi bei der Buchung vor wenigen Wochen neue Koffer gewünscht. Natürlich Hartschalenkoffer, damit es auch so richtig Geld kostete. Dabei hätten die alten Koffer es doch auch getan. Noch dazu waren diese ein Hochzeitsgeschenk seiner Mutter gewesen und aus echtem Leder.

Er verzog seinen Mund zu einer Schnute, dann nippte er an seinem Kaffee und trat ungeduldig von einem Bein auf das andere. Es war 6:57 Uhr. *Uschi soll ich um sieben Uhr wecken.* Drei Minuten noch, die ihm wie Stunden erschienen. Er stapfte vor der Schlafzimmertür auf und ab und kontrollierte im Zehn-Sekunden-Takt die Uhrzeit. Die letzten Sekunden zählte er wie einen Countdown flüsternd mit. Seine rechte Hand hatte er auf die Türklinke gelegt, und endlich erreichte der Zeiger die gewünschte Endposition. Er riss die Schlafzimmertür auf und sagte: »Uschi, es ist sieben Uhr. Du musst jetzt aufstehen.«

Allerdings rührte sie sich nicht. Ein leises Atemgeräusch drang unter der Bettdecke hervor.

»Uschi! Es ist sieben Uhr und zwölf Sekunden.«

Endlich. Sie bewegte sich. »Ja, ich komm ja schon«, sagte sie und drehte sich auf die andere Seite, zog die Bettdecke ein Stückchen weiter über den Kopf und machte ein zufriedenes Grunzgeräusch.

Heinz starrte auf seine Armbanduhr. Dreißig Sekunden waren bereits vergangen. »Uschi! Komm jetzt. Wir werden zu spät kommen.«

»Heinz, bitte. Lass mich doch noch fünf Minuten schlafen.«

»Du hast gesagt, du willst um sieben Uhr geweckt werden. Jetzt ist es gleich sieben Uhr eins, und du liegst immer noch im Bett.« Wütend schnaufte er.

Nach einem lauten Seufzer richtete sie sich auf und starrte ihn an. Ihre blonden Haare standen in alle Himmelsrichtungen, und das Kissen hatte Spuren auf ihrem Gesicht hinterlassen. Doch Heinz war mit sich zufrieden. Zwar hatte es eine Verzögerung bei der Ausführung des Weckdienstes gegeben, aber immerhin war dies nun erledigt.

So ging er wieder ins Esszimmer und wartete auf seine Frau, die ihm, so wie jeden Morgen, sein Frühstück machen würde. Heinz las gerade den Sportteil der Zeitung, da stellte Uschi eine

Schüssel mit Haferschleim vor ihm auf den Tisch. Lächelnd fügte sie hinzu: »Ich hab dir ein wenig Zimt draufgegeben. Das soll total lecker schmecken.«

Sie selbst hatte sich auch eine Schüssel genommen und löffelte bereits fleißig.

»Wann gibt es wieder eine Semmel in der Früh mit Wurst oder so?«

»Das ist doch ungesund. Und du wirst sehen, Haferschleim mit Zimt ist toll. Koste doch wenigstens mal.«

Etwas angewidert gab er eine mikroskopisch kleine Portion auf seinen Löffel und führte ihn zu seinem Mund. Gerade einmal seine Zungenspitze berührte den Schleim, als er den Löffel sofort wieder sinken ließ. Er hörte noch Uschis Worte in seinem Kopf wie ein Echo hallen: »*Haferschleim mit Zimt ist toll.*«

Doch sein Magen und sein Geschmacksinn waren heute wohl nicht einer Meinung, denn ein lautes Knurren war zu hören. Allerdings konnte dies auch daran liegen, dass er an das Versprechen dachte, das er in der Reisebroschüre gelesen hatte. *Exklusives Frühstücksbüfett.* Allein das Bild der tausend Leckereien, das er dabei vor Augen hatte, ließ die aufflammende Sehnsucht nach Süßem in ihm zu einem Flächenbrand eskalieren.

»Wieso isst du denn nicht? Wir werden erst heute am Abend wieder etwas essen können.«

Er schaute sie mit einem entgeisterten Blick an. »Wie? Bis heute Abend?«

»Na ja, unser Flug geht um kurz nach zwölf. Wir kommen abends genau richtig zum Abendessen an. Also fällt das Mittagessen wohl flach. Somit passt Haferschleim perfekt. Er ist gesund und macht satt für längere Zeit.«

Heinz starrte wieder auf diese braun-weiße klebrige Masse, die ihn gehässig anlächelte. »Wir haben doch immer Verpflegung in unseren Urlaub mitgenommen. Belegte Brote oder so, wenn wir nach Bibione gefahren sind.«

»Ja«, sagte sie, schaute aber nicht auf, sondern löffelte weiter. Sie lächelte zufrieden.

»Also nehmen wir auch diesmal belegte Brote mit?«, fragte er hoffnungsvoll, doch in diesem Moment fiel ihm der Inhalt des Kühlschrankes ein und die Gefahr, die im Küchenschrank lauerte.

»Wenn du willst, kann ich dir Gemüsesticks machen. Karotten, Kohlrabi, Gurke oder Paprika. Was du willst. Den Rest, den wir noch im Kühlschrank haben, nimmt Sibylle dann mit.« Sie sah ihm direkt in die Augen, und an ihrem Blick erkannte er, dass sie das tatsächlich ernst meinte.

Er wog seine Möglichkeiten ab. Einerseits könnte er ihr sagen, dass er neuerdings eine Allergie gegen Gemüse hatte und davon ... na ja, was bekam? Ausschlag ging wohl schlecht, das hätte sie ja gesehen. Bauchschmerzen wäre eine vernünftige Alternative oder viel besser Durchfall. Andererseits, gar nichts zum Essen zu haben, wäre natürlich auch schlecht. Um noch

Zeit für seine Überlegungen zu haben, murmelte er: »Aha.«

Uschi lachte. »Willst du von allem etwas?«

Sofort hob er abwehrend die Hände. »Nein, nein. Das wäre doch ... zu viel Arbeit.«

»Aber, Schnuckiputzi, das mache ich doch gern für dich.« Sie zog ihre Lippen zusammen und schickte ihm mittels Handbewegung einen Luftkuss zu. Dann schaute sie auf seine noch immer volle Schüssel. »Komm, iss jetzt. Ich mach dir inzwischen deine Jause fertig, ja?« Sie stand auf, nahm ihr Geschirr mit in die Küche, und schon Momente später öffnete sie die Kühlschranktür. Gleich darauf hörte er sie am Holzbrett schneiden.

In diesem Moment fragte er sich, was wohl an der Pension so schön war. Nicht mal essen durfte er, was er wollte. Seine Hoffnung legte er in die Hände der Angestellten des Hotels, die seiner Frau sicher auch die Vorzüge des Essens wieder näherbringen würden. Und beim Anblick des Büfetts würde auch sie nicht widerstehen können.

6

Samstag, Tag 1

»Das sind bestimmt deine Sachen, die die Koffer so schwer machen«, hörte Uschi Heinz krächzen. Sie erwiderte nichts, sondern schmunzelte nur in sich hinein.

Klar, natürlich. Können nur meine Sachen sein.

Ein Rumpeln später stand Heinz auch schon vor ihr und wischte sich den Schweiß von der Stirn. »Boah, ist das anstrengend.«

»In unserer Nähe hat ein Fitnesscenter aufgemacht. Gleich vorne an der Ecke. Die bieten auch Schnupperkurse an.«

»Ach, das geht schon. Ich brauch doch keine Muckibude. Ich bin in Topform. Das kommt nur, weil du so viel Zeug – und dieses auch noch falsch – in den Koffer packst.« Bei dem Wort Topform hob er seinen rechten Arm in die Höhe, winkelte ihn an und zeigte mit dem Finger der anderen Hand auf seinen Oberarm.

»Wie meinst du ›falsch‹?«

»Na ja, das Beladen des Koffers. Du hast die schweren Sachen auf eine Seite gepackt, sodass es eben ein Ungleichgewicht auslöst und der Koffer schwer zu tragen ist.«

Im ersten Moment stockte Uschi, setzte dann aber ein süffisantes Lächeln auf. »Natürlich, Schnuckiputzi. Es ist meine Schuld gewesen.« Sie schaute wieder in den Spiegel und richtete ihren Hut, den sie erst vor wenigen Tagen in der Boutique erstanden hatte. Ein wunderbares Teil. Allerdings hatte sie Heinz erzählt, dass er im Ausverkauf gewesen sei, was natürlich so nicht gestimmt hatte. Aber diesen Hut musste sie einfach besitzen. Er passte perfekt zu dem Kleid, das sie heute trug.

Die Klingel läutete. Heinz sah zuerst auf seine Armbanduhr und dann verwundert zu Uschi. »Wer kann das bloß sein um fünf vor neun?«, fragte er und schritt zur Tür.

Uschi hob ihre Schultern und machte einen unwissenden Gesichtsausdruck.

»Hallo Sibylle«, hörte sie Heinz sagen. »Was machst du schon hier?«

»Hallo Papa. Ich dachte, ich komme ein wenig früher als geplant. Damit ihr ja nicht zu spät kommt.« Als sich Uschi zu ihrer Tochter umdrehte, zwinkerte sie ihr zu. Der Plan hatte perfekt funktioniert. *Warum bin ich da nicht schon früher draufgekommen?*

»Das ist schön, dass du dich so um uns sorgst.« Heinz rollte die Koffer über den Flur. »Ich lade das schon mal ein, ja?«

Sibylle und Uschi nickten. Als er außer Hörweite war, fragte Sibylle: »Und? Hat Papa gestern wirklich gekocht?«

Uschi verdrehte die Augen, und bei dem

Gedanken an das Essen, das er ihr gestern serviert hatte, rauften sich die Haare an ihrem Körper um einen Stehplatz. »Hör bloß auf damit. Er hat Spaghetti Asciutta gemacht. Also, zumindest sollte es das werden. Wenn ich dir nun sage, dass er die Nudeln im eiskalten Wasserbad ertränkt hat und die Soße mit Salzwasser gemacht hat, dann weißt du in etwa, was dabei herausgekommen ist.«

Sibylle hielt sich den Bauch vor Lachen und wischte sich die Tränen aus den Augenwinkeln.

»Hör auf zu lachen. Ich konnte nichts sagen und musste es zumindest zum Teil essen. Dein Vater war so stolz auf sich und sein Gericht. Mich wundert es nur, dass er das nicht geschmeckt hat, wie furchtbar das war.«

»Arme Mama«, sagte Sibylle noch, bevor Heinz wieder ins Haus kam und freudestrahlend verkündete: »Wir können los. Bist du bereit, Mausi, für unseren Traumurlaub?«

Die beiden nickten, und Momente später waren sie bereits ins Auto eingestiegen. Natürlich saß Sibylle auf dem Fahrersitz. Schließlich war es doch ihr Auto, mit dem sie ihre Eltern zum Flughafen Wien-Schwechat brachte. Uschi saß auf der Rückbank, damit ihr Göttergatte auf dem Beifahrersitz Platz nehmen konnte.

Aber Heinz wäre nicht Heinz, wenn er das so einfach hingenommen hätte. Er öffnete die Fahrertür. »Sibylle. Gib mir die Autoschlüssel. Ich fahre uns selbst zum Flughafen«, sagte er und streckte Sibylle seine Handfläche entgegen.

Doch Sibylle schüttelte ihren Kopf. »Ganz sicher nicht, Papa. Du fährst wie eine Schnecke, und wir müssen über die Autobahn. Ich hab keine Lust, wegen dir einen Strafzettel zu bekommen, weil du zu langsam fährst. Ich fahre. Und damit basta.«

Heinz schaute sie mit großen Augen an. »Wie? Ich fahre wie eine Schnecke? Schnecken fahren nicht mit dem Auto. Ich dachte schon, dass du das weißt.«

»Papa!«, entfuhr es Sibylle genervt, und sie startete den Wagen. »Steig endlich ein, damit wir loskönnen.«

Uschi beobachtete Heinz genau, als er missmutig die Fahrertür zufallen ließ und auf der Vorderseite des Autos vorbeistapfte. Bei jedem Schritt schaute er durch die Windschutzscheibe zu seiner Tochter, und ehrlich, wenn Blicke hätten töten können …

Heinz ließ sich auf seinen Platz fallen, sodass das Auto wackelte. Uschi hielt sich sofort fest. Sibylle schaute einen Augenaufschlag lang zu ihrem Vater, fuhr dann aber los.

Sie waren gerade erst die Straße hinuntergefahren, da brüllte Heinz plötzlich: »Stopp!«

Sibylle erschrak und legte eine Vollbremsung hin. Zum Glück war kein anderes Auto in der Nähe.

Heinz drehte sich zu Uschi um. »Hast du die Haustür abgeschlossen?«

Noch bevor sie antworten konnte, sagte Sibylle: »Papa! Das ist jetzt nicht dein Ernst, oder?«

Uschi nickte. »Ja«, fauchte sie ihm entgegen.

»Und hast du alle Elektrogeräte ausgesteckt?«

»Bitte, Heinz. Hör auf. Ich hab mich um alles gekümmert, aber wenn du dich besser fühlst, dann wird Sibylle noch einmal nachsehen gehen, wenn sie vom Flughafen zurückkommt.«

»Ach, Mama«, warf Sibylle ein.

»Nein, ich will das selbst überprüfen. Ich erinnere dich an unsere Blumen im Garten, als Sibylle sich darum kümmern sollte. Die sind knusprig gewachsen, als wir wieder von Bibione zurückkamen.«

»Aber, Schnuckiputzi, Sibylle hatte zu diesem Zeitpunkt am anderen Ende der Stadt gewohnt und einen Gips am Fuß. Sie konnte sich nicht darum kümmern. Das hab ich dir doch erklärt.«

»Sibylle«, sagte Heinz. »Dreh noch mal um. Ich will kontrollieren, ob auch alles versperrt ist und alle Stecker aus der Steckdose draußen sind.«

Sibylle seufzte zwar, wendete aber den Wagen und fuhr eine Minute später wieder in die Einfahrt. Heinz sprang bereits heraus, als das Auto noch rollte. Die beiden Frauen blieben sitzen und warteten, bis Heinz wieder zurückkommen würde.

»Mama …«, begann Sibylle, wurde aber von Uschi unterbrochen.

»Nein, ich will jetzt nicht darüber reden.« Sie schaute aus dem Fenster und beobachtete die

Haustür, die sperrangelweit offen stand.

Minuten später kam Heinz aus dem Haus, versperrte die Eingangstür, entfernte sich zwei Schritte davon, drehte sich dann um, ging die beiden Schritte wieder zurück und kontrollierte mittels Herunterdrücken der Klinke, ob die Tür auch wirklich fest verschlossen war.

»Mama …«, sagte Sibylle wieder, doch auch diesmal wurde sie unterbrochen.

»Nein«, meinte Uschi nur.

Heinz stieg ins Auto ein und sagte: »Stell dir vor, den Wecker im Schlafzimmer hast du vergessen auszustecken. Wenn ich das jetzt nicht kontrolliert hätte, dann wäre uns die Bude abgebrannt.«

Ein Seufzen entfuhr Uschis Kehle.

Eine gute halbe Stunde und einen Vortrag, den Heinz über Brandschutz und Kabelbrände gehalten hatte, später, kamen die drei endlich am Wiener Flughafen an. Sibylle parkte das Auto direkt vor der Abflughalle.

Heinz beschäftigte sich mit den Koffern und keuchte: »Mann, sind die schwer.«

Uschi nahm ihre Tochter in die Arme und flüsterte ihr ins Ohr: »Sei froh, dass Papa im Haus noch etwas gefunden hat. Ansonsten wäre er zum schlechtesten Beifahrer des Jahres gekürt worden. Lebendes Navigationssystem mit Bremsvorschlägen und Fahrtechniküberprüfung.«

Sibylle lachte und drückte Uschi einen Kuss auf die Wange. »Schönen Urlaub wünsche ich euch. Und passt auf euch auf.«

»Und ich bekomme keinen Kuss?«, sagte Heinz und tippte auf seine Wange.

»Klar, Papa. Du bekommst natürlich auch einen. Schönen Urlaub.«

7

Samstag, Tag 1

Eine Durchsage ertönte aus dem Lautsprecher: »*Sehr geehrte Fluggäste, Ihr Eurowings-Flug EW 5904 von Wien nach Gran Canaria ist zum Boarding bereit. Bitte begeben Sie sich zum Flugschalter.*«

Heinz sprang wie vom Blitz getroffen von seinem Sitzplatz in der Wartehalle auf. Die Zeitung, die auf seinem Schoß gelegen hatte, fiel zu Boden. Wild fuchtelte er mit seinen Händen in der Luft herum. »Komm, Mausi. Schnell. Wir müssen ins Flugzeug.«

Uschi schaute ihn genervt an und rollte mit den Augen. Dann klappte sie ihren Reader zu, ließ diesen aber auf ihrem Schoß liegen, und blieb sitzen. »Die starten schon nicht ohne uns. Hast du die Schlange vorm Schalter gesehen? Willst du dich wirklich schon anstellen?«

Heinz schulterte seinen Rucksack und entfernte sich einige Schritte von ihr. Er reihte sich in die Menschenschlange ein und rief ihr zu: »Ich reserviere auch einen Platz für dich.« Er deutete neben sich. »Da kannst du dich dazustellen.«

Sie stand auf, verstaute ihren Reader in der Handtasche und schlenderte langsam zu ihm. Er trippelte ungeduldig von einem Bein auf das andere. »Dein Leben lang warst du Beamter und hast Stempel auf Anträge gedrückt«, sagte Uschi, ballte ihre Hand zu einer Faust und deutete einen imaginären Stempel an, den sie in Zeitlupenbewegung auf ein imaginäres Blatt Papier führte.

Er unterbrach sie und streckte seinen Brustkorb stolz wie ein Hahn heraus. »Aber ich hab auch viele abgelehnt. Die bekamen keinen Stempel.«

»Trotzdem hattest du keinen Stress. Aber jetzt, seitdem du in Pension bist, muss alles schnell, schnell gehen. Und sag mal, was hast du da an deinen Füßen? Sind das wirklich weiße Tennissocken mit Sandalen? Ist das dein Ernst? Du kannst doch nicht so aus dem Haus gehen.«

Er hob seinen rechten Fuß leicht an und schaute darauf. »Warum? Was hast du denn? Das ist super bequem, und modern ist es auch.«

»Modern? Ja, in deiner Jugend vor über vierzig Jahren. Bitte zieh wenigstens die Socken aus. Wie das aussieht. Uns hält ja dann jeder für Deutsche.«

»Wie? Jetzt? Vor allen Leuten?« Er schaute sie fragend an.

»Ich habe dich gebeten, deine Socken auszuziehen, und nicht, dass du dich ganz nackig machst.«

»Aber dein Hut mit dem Vogelnest drauf sieht toll aus.«

Uschi zupfte an diesem ein wenig herum, und als die Leute vor ihnen weitergingen, setzten auch die beiden einen Schritt nach vorne.

»Sag mal, hast du den Müllers Bescheid gegeben, dass wir jetzt vierzehn Tage im Urlaub sind?«, fragte Heinz.

»Ja, hab ich. Und bevor du fragst, auch den Schillers, Frau Nemez und natürlich den Gülegüls von nebenan.«

»Wie? Den Gülegüls? Auch dem Mann? Echt jetzt?«

Uschi entfuhr ein Seufzer, bevor sie ihm antwortete: »Nein, nur der Frau, und sie musste mir hoch und heilig versprechen, dass sie es nicht ihrem Mann sagt, sonst spreche ich einen Fluch aus und verbanne sie in die Hölle.« Sie legte eine künstlerische Pause ein. »Ja, natürlich der ganzen Familie. Boah, du kannst Fragen stellen. Unfassbar.«

Nach wenigen Momenten der Ruhe und einigen Schritten vorwärts fragte Heinz: »Hast du auch meine langen Unterhosen eingepackt?«

Schlagartig drehte sie sich zu ihm und starrte ihn entgeistert an. »Was? Ernsthaft? Es ist Oktober! Wofür brauchst du lange Unterhosen?«

Heinz riss seine Augen weit auf und fasste sich an den Mund. »Hast du keine eingepackt?«

Uschi atmete hörbar aus. »Doch. Natürlich habe ich dir welche eingepackt. Die wirst du mit Sicherheit auch brauchen. Es ist kalt im Süden von Gran Canaria.«

»Die Socken? Hast du auch genug Socken eingepackt?«

»Natürlich. Für jeden Tag ein Paar«, murmelte sie.

»Und was mache ich, wenn ich mal zwei an einem Tag brauche?«, fragte Heinz nach, stemmte seine Hände in die Hüften und schaute sie herausfordernd an.

»Dann drehst du dieses Paar Socken eben einfach auf links«, antwortete sie mit einem Schmunzeln auf den Lippen.

»Und hast du ...?«

»Ja.« Ein Seufzer von Uschi folgte.

»Und ...?«

»Jaha. Ich hab mich um alles gekümmert. Dir wird es an nichts fehlen. Schließlich habe ich ein tolles Hotel gebucht. All inclusive. Du hast ja eine schöne Abfindung von deiner Firma bekommen. Da können wir uns schon mal was leisten.«

»Hast du auch genug Geld abgehoben von der Bank?«

»Wieso? Wir haben doch eine Bankomatkarte und auch noch eine Visa. Warum soll ich Geld abheben?«

»Haben die dort Geldautomaten? Bist du dir sicher?«

»Nein, die machen dort nur Tauschgeschäfte. Du musst heute Abend gleich an den Strand gehen, damit du die Muscheln suchen kannst, die wir dann tauschen können gegen den Cocktail an der Bar.«

Im ersten Moment wollte Heinz eine Antwort geben, doch bevor die erste Silbe aus seinem Mund quoll, hielt er inne. Ein Lächeln zog sich über sein Gesicht. »Ach komm, Mausi. Du nimmst mich doch nur auf den Arm. Also hast du doch genug Geld abgehoben bei der Bank. Du bist einfach die Beste.«

»Äh ... ja«, erwiderte sie darauf.

Nach einer sekundenlangen Pause, die Uschi

schon fast genossen hätte, redete er weiter: »Sag mal, welche Währung haben die denn dort? Hast du schon einen Teil vom Geld gewechselt?«

Ein erstaunter Blick folgte. »Warum wechseln? Die nehmen doch den Euro.«

»Ja, sicher nehmen die den«, sagte er und winkte ab. »Aber das ist dann teurer. Kannst du dich noch erinnern, als wir unseren tollen Urlaub in Bibione hatten?«

Sie pustete ein »PFFFFFF« hervor. »Soll ich mir jetzt einen aussuchen aus den letzten vierzig Jahren auf dem tollen Campingplatz in Bibione? Jedes Jahr, gleicher Ort, gleiche Zeit, gleiche Nachbarn, gleicher Wohnwagen. Immer eine Woche. Welchen tollen Spießerurlaub meinst du denn?«

»Diesen, wo du die Handtasche gekauft hast auf dem Markt und der Typ mit seiner Lira, oder wie das Geld dort auch immer geheißen hat, dich übers Ohr gehauen hat.«

»Du meinst wohl dich, mein Schnuckiputzi«, sagte sie und strich ihm liebevoll über die Wange. »*Du* hast mehr bezahlt. Alles nur, weil *du* zu wenig Lira mithattest.« Sie tippte mit dem Zeigefinger bei jedem Du auf seinen Brustkorb.

»Eben. Siehst du? Deswegen hab ich dich ja gefragt, ob du schon Geld gewechselt hast.«

»Gran Canaria hat auch den Euro als Währung. Also, alles gut.«

8

Samstag, Tag 1

Heinz ließ sich auf seinen Sitzplatz fallen. Sofort spürte er das Metall, das sich in sein Hinterteil bohrte, und er fuhr schlagartig wieder hoch.

»Heinz, was machst du?«, fragte Uschi. »Du musst schon schauen, bevor du dich hinsetzt.« Sie schüttelte den Kopf.

Er nestelte an dem Verschluss des Sicherheitsgurtes, bekam diesen aber nicht auf.

Uschi drängte sich dazwischen, entriss ihm den Gurt und klappte die Schnalle auf. »So, jetzt kannst du dich hinsetzen«, fuhr sie mit genervtem Ton fort.

Heinz nahm Platz, wollte den Gurt über seinen Bauch ziehen, doch er war zu eng. Vorsichtig lugte er zu Uschi, die neben ihm saß und ihren Gurt schon angelegt hatte. *Hmmm, ihrer ist länger als meiner. Doch wie hat sie das gemacht? Uschi fragen? Niemals.* Er würde sein Problem schon allein lösen.

So zog und zerrte er an dem Verschluss, doch dieser wollte und wollte nicht passen. Er war so vertieft, dass er erschrak, als die Hand seiner Frau den anderen Teil des Gurtes ergriff und leicht in ihre Richtung zog und dieser sich wie von Geisterhand verlängerte. Verwundert schaute er sie an, doch sie lächelte nur, was für ihn mehr aussagte als tausend Worte.

»Du lachst mich aus?«, sagte er, als er den Gurt einrasten ließ und sich zurücklehnte.

»Nein, Schnuckiputzi. Ich lache mit dir, auch wenn du nicht lachst.« Ihre Mundwinkel zogen sich noch weiter in Richtung Ohren. Heinz fand das allerdings nicht so lustig, und bevor er noch etwas erwidern konnte, hatte sie ihren Reader geöffnet und war bereits in ihr Buch versunken.

Ich bin so froh, dass ich einen Fensterplatz habe. Dann sehe ich wenigstens was, dachte er und beobachtete ein anderes Flugzeug, das gerade an eines der vielen Gates rollte. Die Tür flog mit Wucht zu, und keine Minute später rumorte es unter ihnen. Zwei der Flugbegleiter stellten sich mitten in den Gang. Die Sicherheitsanweisungen begannen, und das Flugzeug setzte sich im Rückwärtsgang in Bewegung.

Heinz stieß Uschi mitten in der Durchsage mit dem Ellbogen an. »Na toll. Noch nicht mal in der Luft, da erzählen die einem schon, was man tun muss, wenn das Flugzeug abstürzt.«

Uschi schaute kurz auf, richtete ihren Blick dann aber wieder auf den Reader und murmelte: »Was du wieder für ein Theater machst! *Wenn* das Flugzeug abstürzt.«

Heinz beugte sich nach vorne und tastete mit seiner Hand unter dem Sitz herum.

Plötzlich ergriff Uschi seinen Arm. »Was machst du denn schon wieder?«, zischte sie leise.

»Ich kontrolliere nur, ob da wirklich eine Sicherheitsweste ist.«

»Hör auf jetzt. Die Leute schauen schon. Du immer mit deinem Kontrollzwang.«

»Ich habe keinen Kontrollzwang. Ich überzeuge mich nur.« Er grinste sie an.

»Und auch wenn da jetzt keine Weste unter deinem Sitz ist. Was willst du tun? Aufspringen und um Hilfe schreien?«

Er legte seine Hand an sein Kinn und überlegte.

Da packte sie ihn erneut am Unterarm und kam nah an sein Gesicht heran. Ihre Gesichtsmuskeln zogen sich zusammen, und die Zornesfalte auf ihrer Stirn ähnelte dem Grand Canyon. »Wage es ja nicht, mich zu blamieren vor all den Leuten. Jetzt entspann dich einfach. Schau aus dem Fenster oder blättere in der Zeitschrift oder schlaf einfach. Ja, schlaf einfach. Dann kannst du mich zumindest nicht nerven.«

Heinz lehnte sich zurück und verschränkte seine Arme vor der Brust. »Du bist schon öfter geflogen. Für mich ist es das erste Mal. Und das ist eben aufregend. Wie ging es dir beim ersten Mal?«

»Also, das erste Mal war schon sehr schön, muss ich sagen. Eigentlich das schönste Mal überhaupt. Ich hatte ein wenig Angst, und in meinem Bauch hat es gekribbelt wie tausend Ameisen. Mein ganzer Körper war in Aufruhr.

Aber Friedhelm war so zärtlich. Er hat meinen Körper ...«

Während Uschi sprach, nickte er zustimmend, bis sie den fremden Namen sagte. Fassungslos schaute er sie an. »Was? Wovon sprichst du?«

Eine leichte Röte stieg ihr ins Gesicht, und auch ihr Blick war etwas gläsern. »Von ... von ... das erste Mal war toll«, brachte sie schlussendlich über die Lippen.

»Ja, ich finde es auch aufregend bisher.«

Das Flugzeug blieb für einen Moment stehen. Die Motoren brummten lauter, und schon wurde Heinz in seinen Sitz gedrückt. Krampfhaft hielt er sich an den Armlehnen fest und schloss seine Augen. Plötzlich spürte er, wie der Flieger sich nach oben neigte, und auch das Rollgeräusch der Reifen war verschwunden. Er blinzelte vorsichtig. *Ist der Start nun vorbei? Oder kommt da noch was?*

Er schaute aus dem Fenster und beobachtete die Landschaft unter ihm. Die Häuser wurden kleiner, die Autos sahen aus wie von Matchbox. Zu guter Letzt war nur noch die weiße Wolkendecke zu sehen, über der das Flugzeug schwebte.

Es dauerte nicht lange, da fielen Heinz die Augen zu, und er entschlummerte in einen traumlosen Schlaf. Das Knacksen, gefolgt von einer Frauenstimme, die über ihm aus dem Lautsprecher kam, riss ihn aus seinem Nickerchen.

»Sehr geehrte Damen und Herren. Wir

beginnen in Kürze mit unserem Bordservice.«

Noch schlaftrunken rieb er sich die Augen und beugte sich zu Uschi hinüber. »Bordservice? Was soll das heißen?«

»Es gibt ein Getränk und eine Kleinigkeit zu essen.«

Bei dem Wort essen, meldete sich sein Magen und gluckste vor Freude. »Kleinigkeit wie Hot Dog oder Kleinigkeit wie Schnitzel?« Er strich sich über den Bauch.

Mit einem missbilligenden Blick antwortete sie. »Kleinigkeit wie halbes belegtes Brötchen oder ein Stück Kuchen.«

Das letzte Wort ließ sein Herz höherschlagen, und er konnte sein Glück kaum fassen. »Was für ein Kuchen?«

Wieder schaute sie von ihrem Reader auf und stieß einen lauten Seufzer aus. »Da kommt der Herr ja schon. Kannst ihn selbst befragen.« Sie deutete mit ihrem Finger auf den Flugbegleiter, der den silbernen Wagen vor sich herschob und in der vorderen Sitzreihe die Fluggäste bediente.

Kurze Zeit später war er bei den beiden angelangt, lächelte Heinz an und fragte: »For you, Sir? Cheese or cake?«

Heinz glaubte, sich verhört zu haben, und blickte zu seiner Frau: »Was will er von mir?«

»Käsesandwich oder Kuchen.«

Er ließ die Worte, die der Flugbegleiter zu ihm gesagt hatte, nochmals Revue passieren. »Das hat er aber nicht gesagt.«

Uschi lachte. »Doch, aber auf Englisch.«

»Warum spricht der nicht Deutsch mit mir?«

Das Lächeln des Flugbegleiters schien auf seinem Gesicht wie eingefroren, als er erneut fragte: »Sir? Cheese or cake?«

Heinz' Hirn war überfordert, und wenn er weiter die Räder darin drehen ließ, würden diese stecken bleiben und den Dienst verweigern. Sprachlos sah er zwischen dem Mann und Uschi hin und her.

Sekunden später schnaufte Uschi und ergriff das Wort: »He wants cheese, please. For me too.«

Der Flugbegleiter nickte, und Heinz hätte schwören können, dass ihm ein Seufzer entfuhr, als er ihnen die beiden kleinen Pakete reichte. Freudig nahm Heinz dieses entgegen und fragte: »Was hast du bestellt?«

Fast schon unhörbar murmelte sie: »Käsesandwich.«

»Süß. So klein und schon ein Sandwich.« Er packte sein Paket aus. Darin befanden sich zwei Dinge. Etwas enttäuscht darüber, dass der Inhalt nicht nur aus Essen bestand, zog er das erste Stück heraus. Es war ein kleines Tetrapack-Getränk. Auf den ersten Blick erinnerte ihn dieses an die Kindheit seiner Tochter. Auch der Kakao, der zu dieser Zeit in der Schule verteilt worden war, hatte die gleiche Form und Größe gehabt. Allerdings war das Päckchen, das er in der Hand hielt, stilles Wasser. Er stellte es zur Seite und fischte das Sandwich heraus. Neugierig drehte und wendete er es nach allen Seiten. Plötzlich tippte er auf die Folie, und ein »Ich wusste es« entfuhr ihm.

Uschis Plastikverpackung lag auf ihrer Ablage, und sie kaute genüsslich den ersten Bissen. Wild fuchtelnd hielt er ihr sein Päckchen unter die Nase und tippte immer wieder auf eine Stelle.

»Was?«, sagte sie, und ihre Stimmlage deutete an, dass sie derzeit nicht in Gesprächslaune war.

»Das ist abgelaufen. Da, schau mal auf das Datum.«

Sie nahm es ihm ab und sah auf den Aufdruck. Sekunden später gab sie es ihm wieder zurück. »Das ist haltbar bis heute. Also nicht abgelaufen. Und auch wenn. Es steht dort schließlich ›mindestens haltbar bis‹ und nicht ›tödlich ab‹.«

Er drehte es noch eine Weile hin und her, doch als Uschi ihren letzten Bissen gegessen hatte, packte er es aus. Er schnüffelte daran. Es roch eigentlich sehr gut. Nochmals drehte er es, und als er wieder daran roch, traf ihn der strafende Blick seiner Frau. Sofort biss er von seinem Sandwich ab, und sie entspannte sich wieder und las weiter. Er genoss noch den Rest seiner Jause und dachte an die Gemüsesticks in der Handtasche seiner Frau, die er nun doch nicht brauchte und die sie anscheinend vergessen hatte. Was ihn sehr glücklich stimmte. Da war ihm ein halb abgelaufenes Käsesandwich lieber, als an einer Karotte zu knabbern.

Minuten später fühlte er sich zumindest ein wenig gesättigt. Er lehnte sich zurück und träumte von dem Pool, der sich in der

Hotelanlage befand, und sah sich schon entspannt auf der Sonnenliege ein Nickerchen machen. Erst ein »Plopp«, das in seinen Ohren erklang, weckte ihn. Im ersten Moment wusste er nicht, wo er sich befand. Sein steifes Genick machte ihn darauf aufmerksam, dass er wohl über Stunden in der gleichen Position, nämlich mit dem Kopf an die Wand des Flugzeuges gelehnt, verharrt hatte. Er lockerte mit einem Griff in den Nacken seine Muskeln und drehte den Kopf hin und her. Dabei fiel sein Blick auf die Scheibe. Er glaubte, er träumte noch, und zwickte sich in den Unterarm. Ein Zischen entfuhr ihm, und er murmelte: »Na super. Es sind bereits Regentropfen auf der Scheibe.«

Uschi schaute interessiert auf, senkte aber gleich wieder ihren Kopf und sagte: »Der Sinkflug hat gerade erst begonnen. Das sagt doch noch gar nichts aus. Wenn wir landen, ist das schönste Wetter. Glaub mir.« Sie tätschelte noch kurz seine Hand und war dann gleich wieder in ihre Buchstabenwelt versunken.

Zuerst sah er in der Ferne die Insel. Dann erkannte er einen lang gezogenen Strand. Das musste wohl der Strand von Playa del Inglés mit seinen Dünen sein. Das Flugzeug flog die Küste entlang, und aus den Touristenhochburgen, die ein Hotel neben dem anderen beherbergten, wurden schnell freie Felder und Plantagen. Heinz betrachtete die Zelte, deren Planen im Wind wehten, und fragte sich, ob in diesen wohl noch etwas angebaut wurde. Vorstellen konnte er sich das nicht. Immer näher kam der Boden, und sein Blick fiel auf die grünen Berge in der Ferne. Dazwischen leuchteten immer wieder vereinzelte farbige Flecken in Gelb und Violett. Heinz vermutete, dass dies wohl Blumen waren, die an den Hängen der Berge wuchsen.

Und da fiel es ihm wie Schuppen von den Augen. Klar, grüne Berge bedeuteten viel Regen. Verächtlich schaute er zu Uschi, und gerade, als er zur Frage ansetzen wollte, setzte das Flugzeug hart auf dem Boden auf. Er erschrak, und für einen Moment stockte sein Herzschlag. Wie bei einer Vollbremsung wurde sein Oberkörper nach vorne gezogen. Schnell tastete er nach dem Gurt, der ihn festhielt und wohl nie wieder loslassen würde. Krampfhaft suchte er Halt und bohrte seine Finger in die Armlehnen. Sein ganzer Körper war vor Angst erstarrt, und er versuchte, sich an die Worte der Flugbegleiter zu Beginn zu erinnern. *Schwimmwesten befinden sich unter Ihrem Sitz,* schoss es durch seine Gehirnwindungen. Doch noch bevor er sich nach vorne beugen konnte, um eine herauszuziehen und über den Kopf zu stülpen, rollte das Flugzeug gemütlicher. Die Angststarre löste sich schlagartig, und er atmete tief durch. Ein Blick durch die Fensterscheibe, und er wusste wieder, was er seiner Frau Minuten zuvor noch mitteilen wollte: »Da, schau. Es regnet. Keine Sonne am Himmel. Das beginnt ja schon super. Und *ich*«, er deutete auf seinen Brustkorb und verschränkte danach seine Arme vor dem Oberkörper, »habe

55

noch bezahlt dafür. Da hätte ich auch gleich zu Hause bleiben können.«

Ein Lächeln zog sich über Uschis Gesicht, und sie holte ihre Handtasche hervor, um ihren Reader darin zu verstauen. »Aber, Schnuckiputzi, jetzt beruhige dich doch. Gran Canaria hat mehrere Wetterzonen. Du wirst sehen, im Süden scheint die Sonne.«

Vor seinem geistigen Auge sah er die Regentropfen in den Pool klatschen. An einer Seite standen die Sonnenliegen, zusammengepackt zu einem großen Stapel. Seufzend trauerte er seinem Traum nach, in dem er auf einer Sonnenliege geruht hatte. Er würde den Pool den ganzen Urlaub nur durch die Fensterscheibe des Hotels betrachten können.

»Ich habe bezahlt für schönes Wetter, nur dass du es weißt. Die langen Unterhosen hast du ja eingepackt, ja? Die werde ich brauchen.«

9

Samstag, Tag 1

Der Bus fuhr in die Einfahrt des Hotels und ließ Uschi nicht mehr aus dem Staunen herauskommen. Schon allein die Außenanlage mit den vielen Palmen und Pflanzen, die wie Soldaten in Reih und Glied standen und die sich in den perfekt geschnittenen Rasen einfügten, ließ sie zu dem Schluss kommen, dass es noch besser aussah als auf den Bildern im Prospekt des Reisebüros. Das Hotel sah aus wie ein Herrenhaus, nur um ein Vielfaches größer. Palast wäre wohl die richtige Bezeichnung dafür. Heinz hibbelte ungeduldig neben ihr. Er benahm sich manchmal wie ein kleines Kind. Sätze wie »Wann sind wir endlich da?« oder »Mir ist so heiß« wechselten sich ab mit »Wann gibt es heute das Abendessen?«. Anfangs hatte sie noch auf ihn reagiert, doch mittlerweile ignorierte sie ihn und war in ein Gespräch mit einem anderen Ehepaar vertieft, das auf der gegenüberliegenden Sitzreihe saß, und vernahm seine Worte nur mehr in weiter Ferne.

»Ja«, sagte Uschi und lachte Cornelia an, die Ehefrau von Peter. »Ich denke mal, Sie wissen selbst, dass Männer im gehobeneren Alter wieder wie Kinder werden.« Den letzten Satz flüsterte sie eher, sodass ihn weder Heinz noch Peter hören konnten.

Cornelia schaute mit einem verstohlenen Blick zu ihrem Mann und kicherte. Das war auch Antwort genug.

Der Bus hatte seine Parkposition erreicht und öffnete die Türen, da sprang Heinz sofort auf. »Uschi, steh auf jetzt. Wir sind da.« Er versuchte, sich an ihr vorbeizudrängen, doch die Enge der Sitzreihen ließ das nicht zu.

»Heinz, setz dich wieder hin

Doch anstatt dass sich Heinz hinsetzte, blieb er stehen und beobachtete die Mitreisenden, die einer nach dem anderen den Bus verließen. Plötzlich erhob er drohend seine Hand, ließ seinen Zeigefinger hin und her kreisen und sagte mit lautem Tonfall: »He! Sie da! Nicht vordrängeln. Die Damen sind vor Ihnen dran.«

Uschi schickte ein Stoßgebet gen Himmel, dass nun direkt vor ihr ein riesiges Loch aufgehen solle und sie in die schwarzen Tiefen sog, sodass sie diese Peinlichkeit nicht ertragen müsse. Aber es passierte nichts. Der liebe Gott hatte sie vergessen. Sie senkte ihren Blick und starrte auf die Rückenlehnen der vorderen Sitzreihe.

Da drang Cornelias Stimme in ihren Gehörgang: »Keine Sorge. Er wird mit dem Alter auch ruhiger. Sehen Sie? Mein Mann ist jetzt knapp fünfundsiebzig, und vor zehn Jahren hätte ihn so etwas aus der Bahn geworfen. Heute liest er stumm seine Zeitung, und das Einzige, was ihn aufregt, ist, wenn seine Lieblingsfussballmannschaft ein Spiel verliert.«

»Ich hoffe, dass es bei meinem Mann auch so wird. Sonst raubt er mir noch den letzten Nerv. Seit seiner Pensionierung vor drei Monaten kommt es mir vor, als ob er sich langweilt und deswegen – wie soll ich sagen? – hyperaktiv ist.«

»Ach, bei Peter wirkt der Baldrian gut, den ich ihm morgens in seinen Tee mische. Er ist den ganzen Tag so ausgeglichen.« Cornelia schmunzelte.

Was?, schrie es in Uschis Hirn. Sie schaute zu Peter, der wie ein Lämmchen auf sie wirkte und mit Sicherheit schon seit zehn Minuten dieselbe Seite seiner Zeitung las.

Uschi zwang sich ein Lächeln ab, und Cornelia nickte zufrieden. Innerlich versetzte es ihr einen Stich ins Herz bei dem Gedanken daran, auch Heinz vielleicht eines Tages ruhigstellen zu müssen. *Nein, nein,* dachte sie sich, *das kommt mit Sicherheit nicht infrage.* Noch während sie sich vorstellte, wie sie Heinz die Beruhigungstropfen in seinen Morgenkaffee träufelte, sagte er: »Ach, Mausi-Mausi. Steh endlich auf. Unsere Reihe ist doch als Nächstes dran.« Ein Blick zu Peter genügte, dass sie diese Option zumindest im Hinterkopf behalten würde. So als reinen Notfallplan, versteht sich. Uschi hatte noch nicht mal die letzte Stufe vom Ausstieg erreicht, da hörte sie Heinz schon mit dem Busfahrer diskutieren.

»Na, hören Sie mal. Sie können doch nicht die

Koffer so herumschmeißen. Die waren teuer. So ein Koffer kostet über hundertfünfzig Euro.«

Uschi atmete tief durch. *Dieser Urlaub kann ja heiter werden.* Sie kam näher zu den beiden Männern. Heinz' Gesicht war bereits blutrot angelaufen, und die Schweißperlen auf seiner Stirn glänzten in der Sonne.

»Schnuckiputzi«, versuchte sie, ihn zu besänftigen. »Du sollst dich nicht so aufregen. Denk an deinen Blutdruck.«

Heinz fuchtelte wild mit seinen Händen herum. Allerdings ließ das den Busfahrer relativ kalt. Entweder verstand er kein Deutsch oder er wollte ihn nicht verstehen. Eher Zweiteres, vermutete Uschi.

»Schau dir das an.« Heinz tippte auf einen Fleck auf dem Koffer. »Der ist jetzt beschädigt, weil dieses ... dieses ... Urvieh den Koffer auf den Boden geschmissen hat.«

Sie untersuchte den vermeintlichen Kratzer, auf den Heinz noch immer mit seinem Finger zeigte, genauer. Sie benetzte ihren Daumen mit Spucke, fuhr damit zweimal über den schwarzen, kaum sichtbaren Fleck, und wie von Zauberhand verschwand er.

»Da hat der aber noch mal Glück gehabt«, murmelte Heinz vor sich hin, als er sich die beiden Koffer schnappte und die wenigen Schritte in die Hotellobby ging.

Momente später hatte auch Uschi den Empfangstresen erreicht und sah Heinz, der auf den Rezeptionisten im dunklen Anzug und weißen Hemd, das übrigens sehr gut zu seinem spanischen Teint passte, zustürmte. Sie beschleunigte ihr Schritttempo und bekam die ersten Worte aus dem Mund ihres Ehemanns gerade noch mit.

»Bünos Diaz, Herr Roberto Garcia.«

Und genau in diesem Augenblick war wieder einer dieser Momente eingetreten, in dem sie sich dieses Loch vor ihren Füßen dringend herbeiwünschte. Fassungslos tippte sie mit ihrem Zeigefinger an ihre Schläfe. Sie merkte, wie diese Hitze in ihrem Gesicht aufstieg. »Was heißt ›Bünos Diaz‹? Hearst? Bist deppert?«

»Das ist die Begrüßung auf Spanisch und heißt ›Guten Tag‹.« Heinz grinste selbstgefällig und nickte.

»Das heißt ›Buenos Días‹. Überlass das Reden besser mir. Du kannst das nicht. Schließlich war ich schon einige Male auf Mallorca mit meinen Mädels.«

»Du hast keine Ahnung. Das habe ich mit Babbel gelernt«, sagte er, schaute zur Decke und machte eine ausholende Bewegung mit seinen Händen. »Sprich Sprachen, wie du es schon immer wolltest.«

»Ja, das hört jeder, dass du es sprichst, wie *du* es willst.«

Der Rezeptionist hatte wie bei einem Tennisspiel den kurzen Schlagabtausch mitverfolgt, setzte nun ein weißes Zweiunddreißig-Zähne-Lächeln auf und sagte: »Buenos Días, Señores.«

Heinz starrte ihn an, und Uschi sah das Blitzen in seinen Augen, das nie etwas Gutes bedeutete. Noch bevor sie ihm Einhalt gebieten konnte, sagte er: »In Österreich begrüßt man sich mit *servas*.« Er lachte den Rezeptionisten an.

Der Mann nickte, und das Lächeln, das vorher noch gestrahlt hatte, wirkte nun eher gekünstelt.

Peinlich berührt und in leichter Panik strich Uschi Heinz zärtlich über die Wange. »Bitte, Schnuckiputzi, kümmere du dich um die Koffer.«

»Aber die sind doch hier.« Er zeigte auf die Koffer, die neben ihnen standen.

»Stell dich doch ein wenig weiter weg. Und du musst aufpassen, die werden schnell geklaut. Ich mach das schon mit dem Zimmer.« Uschi schenkte Heinz ein Lächeln und deutete auf eine Stelle ein paar Meter entfernt. Heinz nickte wortlos und rollte die Koffer dorthin. Der Anblick ihres Ehemannes, wie er in leicht gebückter Haltung das Gepäck festhielt und mit böser Miene nach links und rechts schaute, ließ für Sekunden das Gefühl des Fremdschämens in ihrem Körper aufwallen. Als sie sich allerdings wieder zu dem Rezeptionisten umdrehte, versank sie sofort in seine braunen Augen. Sie räusperte sich, strich mit ihrer Hand durch ihr Haar und legte ihr betörendstes Lächeln auf. »Señor? Sie haben doch hier einen Pool, ja?«

Der Rezeptionist nickte und legte den Zimmerschlüssel auf den Tresen, ohne sie anzublicken.

»Ich brauche noch Handtücher.«

»Die Handtücher sind auf Ihrem Zimmer, Señora.«

»Ich brauche sie für die Liegen am Pool. Damit ich in der Früh welche reservieren kann. Es gibt sicher genügend ... Deutsche in diesem Hotel. Ich brauche eins für mich und eins für ... meinen ... meine Urlaubsbegleitung.« Sie schmachtete den Rezeptionisten an und klimperte mit ihren Wimpern.

»Das Reservieren der Liegen ist nicht erlaubt in unserem Hotel.« Das Lächeln war fast aus seinem Gesicht verschwunden, und er sprach mit fester Stimme.

Und da mischte sich schon Heinz in das Gespräch ein. Dabei war Uschi doch gerade gedanklich ins Schwärmen geraten und malte sich den Rezeptionisten in den schönsten Farben aus.

»Siehst du? Ich habe dir doch gesagt, du musst die Handtücher von zu Hause mitbringen. Aber du hörst ja nie auf mich. Kannst du jetzt endlich weitermachen? Mir ist heiß! Ich will an den Pool und dann etwas essen.« Fast schon theaterreif fuhr er sich mit seinem Handrücken über die Stirn und wischte den Schweiß ab. Das erinnerte Uschi irgendwie an die Aufführung von *Der sterbende Schwan,* die sie vor langer Zeit im Fernsehen gesehen hatte. Ein Schmunzeln huschte ihr über die Lippen.

Uschi entdeckte einen Folder auf der Empfangstheke. Darauf stand ›Cita-Reisen mit Eva und Frank‹. Als sie diesen aufklappte, machte ihr Herz einen Luftsprung vor Freude. Genau so etwas hatte sie sich vorgestellt.

»Sie finden das Reisebüro am nächsten Kreisel rechts. Im Centro Comercial Cita.« Das waren die letzten Worte, die der Rezeptionist mit ihr sprach, denn er wandte sich sogleich den nächsten Gästen zu. Sie schnappte sich den Zimmerschlüssel und ging zu Heinz, der sich mit seiner rechten Hand Luft zufächerte.

»Wie?«, sagte sie. »Du willst an den Pool? Wir müssen noch unsere Tage planen. Ich wollte rüber in das Einkaufszentrum Cita. Da gibt es Cita-Reisen. Die haben tolle Ausflüge. Das ist genau das Richtige für uns, um die Insel kennenzulernen. Die Eva und den Frank kenne ich aus der Sendung *Hallo Deutschland*. Die habe ich mir im ZDF angesehen. So sympathisch.«

10

Samstag, Tag 1

Im ersten Moment dachte Heinz, dass er sich verhört hatte oder sie nur einen Scherz mit ihm machte. Einen schlechten Scherz natürlich. Er kam sich vor wie in einer Sauna. Sein Körper hatte nur noch Sehnsucht nach einer Abkühlung. Also kühles Wasser im Pool, auf gut Deutsch gesagt. Doch Uschi deutete auf eine der freien Bänke, die in der Lobby standen. Und genau dort setzte sie sich ernsthaft hin und zog ihr Telefon aus der Handtasche. Mit einem auffordernden Blick schaute sie ihn an. »Komm schon. Ich zeig dir das. Du wirst sehen, das interessiert dich auch.« Sie reichte ihm den Folder.

Wieder war er an einem Scheideweg angekommen. Zwei Möglichkeiten standen zur Auswahl.

Möglichkeit eins: absolute Verweigerung. Allerdings hätte dies eine Diskussion zur Folge, die den Aufenthalt am Pool und somit auch die Abkühlung zeitlich nach hinten verschieben würde.

Möglichkeit zwei: Resignation. Seine Frau würde ihm ein Ohr abkauen, doch wenn er es geschickt anstellen würde, dann wäre das kühle Nass bald in greifbarer Nähe. Außerdem knurrte sein Magen, doch dieser musste mit der Fütterung noch etwas warten.

Er schnaufte missmutig und nahm neben ihr Platz. Den Folder legte er sofort beiseite. Es würde ihm nichts bringen, diesen anzuschauen, da Uschi ihm sowieso alles haarklein erklären würde. »Na gut. Dann zeig halt her, was du auf deinem Wischtelefon so drauf hast.«

»Das nennt man Smartphone, nicht Wischtelefon. Es hat eine Touch-Oberfläche, dass man es mit den Fingern bedienen kann.«

»Mit den Fingern drüber *wischen*. Also Wischtelefon.«

»Meins ist zumindest kein Pensionistenhandy so wie deins, mit diesen urgroßen Tasten«, sagte sie und zeigte mit ihren Händen mindestens einen Meter Länge an.

Heinz war jetzt schon genervt, dabei hatte sie noch nicht mal angefangen, ihm zu zeigen, was sie wollte. »Red nicht so viel. Zeig her jetzt.«

Ein Lächeln blitzte auf ihrem Gesicht auf, und sie tippte auf ihren Handybildschirm. Dann sprach sie mit verzückter Stimme: »Schau, am Dienstag ist eine Fahrt im Westen geplant. Das wäre doch mal was Tolles. Der erste Stopp ist im Ort Mogán. Diese Windmühle ist ja wirklich schön. Findest du nicht?« Sie zeigte ihm ein Foto.

Einen Augenaufschlag später, nach einem lauten Seufzen, sagte Heinz: »Windmühlen gibt es in Holland auch. Hab ich doch schon tausendmal gesehen.«

Doch er kam nicht weiter mit seinen Überlegungen, und vermutlich hatte das Schnaufen bei seiner Frau keinen Eindruck hinterlassen, denn Uschi rief entzückt: »Oh, der Besuch in einem Kaktuspark ist auch dabei! Da, schau dir nur diese Bilder an.«

Er sah sich die Fotos an, die in einer Art Film über den Bildschirm liefen. Da zuckten seine Mundwinkel, und als hätte ihm eine Stimme das befohlen, begann er zu singen: »Ein kleiner grüner Kaktus steht draußen am Balkon ...«

Uschi fand das gar nicht lustig. Sie zog das Telefon weg. »Ach, hör auf. Okay, keine Kakteen. Was gibt es am Mittwoch für einen Ausflug?« Sie tippte auf ihrem Handy herum, und Heinz kam es vor, als hätte jemand bei ihr einen Schalter umgelegt, denn ihr zuerst missmutiges Gesicht erhellte sich blitzartig. »Ein Ausflug in die Bergwelt.«

»Bin ich der Almöhi und du die Heidi? Was soll ich in den Bergen?«, fragte er.

Allerdings stieß er bei seiner Frau auf taube Ohren, denn sie schwärmte mit hell klingender Stimme: »Wie romantisch! Das Tal der tausend Palmen.« Wieder hielt sie ihm das Handy unter die Nase.

Heinz schnaubte verächtlich. »Palmen kann ich mir auch im botanischen Garten in Wien anschauen. Da muss ich nicht daherkommen. Ich weiß, wie Palmen aussehen. Lass uns doch an den Pool gehen. Das Abendessen beginnt auch schon um neunzehn Uhr. Da will ich nicht zu spät kommen.« Noch während er sprach, erhob er sich, doch seine Bewegungen wurden unterbrochen, da Uschi ihn mit ihrer Hand zurückhielt.

»Das ist ja noch nicht alles. Und tausend Palmen auf einem Platz hast du auch noch nie gesehen. Also hör auf jetzt zu nörgeln.« Sie las ihm den nächsten Punkt vor. »Spektakulärster Gipfel der Insel: der Pico de las Nieves. Das ist sicher ein tolles Erlebnis.«

»Zeig mal her.« Nicht dass es ihn wirklich interessiert hätte, aber es war eine Chance, dieses Gespräch, das in seinen Augen gar kein Ende mehr zu nehmen schien, endlich abzukürzen. Heinz schaute sich die Fotos an, die auf der Homepage des Reisebüros zu sehen waren.

»Das wäre doch ein Ausflug wie für uns gemacht, oder?«, sagte Uschi, und ihre Stimme klang wie die Glöckchen zu Weihnachten.

Wieder zuckten seine Mundwinkel, und er fuhr mit einem gelangweilten Unterton fort: »Klar, zuerst diese Buschen und dann ein Haufen voll Steine. Klingt toll. Ich freu mich drauf.« Er hob symbolisch seine Hände in die Höhe und setzte ein »Juhu« obendrauf.

Uschi schaute ihn an, verzog ihren Mund zu einer Schnute und atmete tief durch. »Na, dann schauen wir halt weiter, was es am Donnerstag gibt. Du kannst heute aber nur nörgeln. Seitdem du nicht mehr zur Arbeit gehst, hast du ja auch nichts anderes zu tun.«

»Ich nörgle nicht. Ich merke nur an. Wenn du in Mallorca bist mit deinen Mädels, liegst du doch auch nur in der Sonne. Und mich willst du über die ganze Insel schleppen. In Bibione am Campingplatz haben wir doch auch nur in der Sonne gelegen.«

Heinz sah das Warnsignal zu spät. Uschis Gesicht war rot angelaufen, und für einen kurzen Augenblick dachte er, dass er bei ihr auf der Stirn das Wort ›Gefahr‹ hätte aufblitzen sehen. Sie stemmte ihre Hände in die Hüften. »Falsch, mein Lieber. Du hast faul in der Sonne gelegen wie ein totes Stinktier. Ich habe die Wasserflaschen geschleppt. *Täglich* zwei Kanister voll. Habe dich bekocht. Auch *täglich*.«

Ganz kurz dachte er nach, und schlagartig fiel ihm ein: »Ach komm. Das ist doch gar nicht wahr. Wir waren doch auch auswärts essen.«

»Ja, einmal. Und das auch nur, weil das Gas für den Herd ausgegangen ist.«

Er schmunzelte und wischte mit der Hand über seine Stirn. »Hättest du ja kaufen können, wenn du so gerne kochst. Ich hätte sicher nichts dagegen gehabt.«

Sie schaute kurz zu ihm, richtete ihren Blick aber gleich wieder aufs Handy. Seine Gedanken schweiften ab, und er sah sich bereits gemütlich auf der Poolliege entspannen. Vielleicht sogar mit einem Cocktail in der Hand, sofern der nicht zu teuer wäre. Und da holte sie ihn mit ihren Worten wieder in die Realität zurück.

»Die Hauptstadt Las Palmas ist dran am Donnerstag. Sieh nur. Ein Besuch im *Poeme del Mar* wäre doch was für uns.«

»Ein Besuch in was? Du musst schon Deutsch mit mir sprechen. Dein ... Türkenspanisch verstehe ich nicht.«

»Türkenspanisch sagt der zu mir, der ›Bünos Diaz‹ sagt. Alles klar. Egal jetzt. *Poeme del Mar.* Darüber habe ich schon im Internet gelesen. Das ist eines der modernsten Aquarien der Welt. Das muss man gesehen haben. Findest du nicht?«

»Wir können heute auch an den Strand gehen. Da sind sicher auch Fische im Wasser, die du bewundern kannst.« Und bei dem Wort Wasser stand Heinz auf, legte einen Koffer um und öffnete ihn.

Da kreischte Uschi los und sprang von ihrem Stuhl auf. »Spinnst du? Was tust du? Du kannst doch nicht vor allen Leuten unseren Koffer öffnen.«

Unbeeindruckt von ihrer Reaktion kramte Heinz zwischen den T-Shirts und seiner Unterwäsche herum. »Warum nicht? Hast du was Verbotenes dabei? Ich brauche ein Handtuch. Weil *ich* gehe jetzt an den Pool. Mir ist heiß.«

Sie stampfte mit ihrem rechten Fuß auf dem Boden auf und zischte: »Du gehst jetzt nirgendwohin. Du bleibst da, und wir entscheiden gemeinsam, welchen Ausflug wir machen.«

»Du kannst ja mitkommen. Entweder an den

Pool«, er deutete mit seiner flachen Hand nach links, »oder an den Strand zu deinen Fischen.« Schwungvoll zeigte Heinz nach rechts.

Uschi zeigte ebenfalls nach rechts, und ein wissendes Lächeln zog sich über ihre Lippen. »Da geht es in die Stadt. Nicht an den Strand.«

Ohne das Handtuch gefunden zu haben, richtete sich Heinz auf und schaute Uschi direkt in die Augen. »Oh, meine Ehefrau, die Gran-Canaria-Expertin. Miss Superschlau.«

Uschi setzte ihr süßestes Lächeln auf und nahm wieder auf der Bank Platz. Schon damals vor mehr als vierzig Jahren hatte sie ihn immer damit rumgekriegt. Und das war auch heute noch so. *Und jetzt,* dachte er, *klimpert sie mit ihren Wimpern. Ich liebe diese Frau einfach.*

Sie klopfte mit ihrer Hand auf den Sitzplatz neben sich. »Bitte setz dich hier wieder hin und lass uns doch unseren Urlaub planen. Wir wollen doch auch was erleben.«

Urplötzlich hatte ihr Lächeln seine Wirkung verloren. Das Wort *wir* hallte in seinen Gedanken wider. »Dieses *Wir* kenne ich. Du schaffst an, und ich muss mit.« Trotz allem ließ er sich neben ihr auf der Bank nieder. Sie tippte wieder fleißig auf ihrem Handy herum.

Da sah er zwei Jungen durch die Lobby huschen. Vom Alter her schätzte er sie auf acht bis zehn Jahre. Einer der beiden hatte ein Glas mit einer orangefarbenen Flüssigkeit in der Hand. Heinz spürte, wie der Anblick dieses Getränks die Spucke in seinem Mund zusammenfließen ließ. Fast schon bühnenreif legte er seine Hand auf die Stirn und seufzte. »Mir ist heiß. Gibt es hier nichts zu trinken?«

Uschi schaute von ihrem Handy kurz auf und murmelte: »Klar. Im Prospekt vom Hotel stand, dass wir einen Begrüßungscocktail bekommen.«

Heinz konnte sein Glück kaum fassen. Es gab eine Chance, dem Ganzen hier zu entkommen. Kein sinnloses Starren mehr auf etwaige Ausflugsziele. Keine Kakteen, keine Buschen, keine Fische mehr. Er war der Erlösung so nahe, und als er gerade im Begriff war, geistig eine Dankesrede an den lieben Gott vorzubereiten, stutzte er und starrte seine Frau ungläubig an. »Du meinst, *ich* habe für einen Cocktail bezahlt, den *ich* nicht bekommen habe?« Bei jedem Ich tippte er sich mit dem Zeigefinger auf den Brustkorb.

Uschi lachte auf. »Den müssen wir uns doch selber an der Bar holen, du Dummerchen. Komm schon. Wir haben noch zwei Tage zu verplanen. Dann holen wir uns unseren Cocktail.« Zärtlich berührte sie seine Wange. »Also, Freitag ist ein Ausflug zur ältesten Saline der Insel geplant.«

»Toll.«

Sie drehte sich zu ihm und schaute ihn an. »Wie meinst du ›toll‹?«

»Wie kann man ›toll‹ schon meinen, außer dass es toll ist? Sprich weiter.«

»Warum sagst du ›toll‹?«

In seinen Gedanken hätte er sich dafür ohrfeigen können, für dieses *toll*. Eigentlich wollte er das Ganze nur vorantreiben, damit er schnell zu seinem Cocktail und vielleicht dann auch endlich auf die Poolliege käme. Genervt rollte er mit seinen Augen. »Es ist toll«, sagte er und betonte jedes Wort einzeln. »Bitte erzähl weiter. Vor allem schnell.«

Mittlerweile hatte seine Frau ihre Hand sinken lassen, und das Display des Telefons war schwarz. »Du kannst nicht einfach ›toll‹ sagen und es nicht so meinen.«

»Bitte«, sagte Heinz und faltete die Hände wie zu einem Gebet. »Ich habe Durst, und ich will ins Wasser. Also komm jetzt in die Gänge!«

Sie schnaufte, doch Sekunden später war sie wieder in ihrem Element und las von der Homepage von Cita-Reisen laut vor: »Weiter geht es dann nach Galdar ... und lassen Sie sich bei einem Bummel durch die Innenstadt mit ihren romantischen Gässchen verzaubern.«

»Klingt ... super.« Es kribbelte in seiner Bauchgegend, und das Warten auf ihre Reaktion waren die längsten Sekunden seines Lebens.

»Dann nehmen wir das?« Sie strahlte ihn überglücklich an.

Er musste sich zusammenreißen, um nicht laut auszuatmen. Während er sprach, schaute er sich nach einem Hinweis auf die Lage der Bar um. »Wir haben noch einen Tag.«

»Da«, sagte Uschi und zeigte auf das Display. »Montag ist was für dich. Besichtigung der Rumfabrik.«

Er stemmte die Hände in seine Hüften. Da

hatte er sich doch hoffentlich verhört. »Willst du etwa behaupten, ich bin ein Säufer?«

Sie schmiegte sich an seinen Oberarm. »Aber, Schnuckiputzi. Nein, natürlich nicht. Aber so eine Besichtigung ist doch sicher interessant. Und danach geht es zur Wassertreppe.«

»Nein, da fahre ich nicht mit. Da werden meine Schuhe nass, und ich muss dann meine Socken ausziehen.«

»Deine Socken ziehst du sowieso nicht mehr zu deinen Sandalen an. Das ist schon mal fix.«

11

Samstag, Tag 1

Endlich waren die Koffer im Zimmer verstaut. Uschi und Heinz betraten das Hotelrestaurant, das schon sehr gut mit Gästen gefüllt war. Zu ihrer Erleichterung sah Uschi, dass das Ehepaar Cornelia und Peter bereits andere Leute an ihrem Tisch sitzen hatte. Zumindest mussten sie sich nicht zu den beiden setzen. Nicht gerade am ersten Abend.

Uschi schnappte sich einen der Teller, die neben dem großen Büfett standen, und nahm sich Salat und einige der lecker duftenden Vorspeisen, bei denen ihr allein beim Anblick die Geschmacksnerven zu explodieren drohten. Heinz saß bereits am Tisch, und als sie sah, was er auf seinem Teller hatte, blieb ihr der Mund offen stehen. Sie nahm ihm gegenüber Platz, räusperte sich und fragte: »Schnuckiputzi? Wieso hast du schon Kuchen auf deinem Teller? Und davon gleich zwei Stück? Hätte nicht der Apfelkuchen allein gereicht? Musste es auch noch der Schokoladenkuchen sein? Du hast doch sonst noch nichts gegessen!«

Er spießte mit seiner Gabel ein großes Stück von dem Schokoladenkuchen auf, und bevor er es sich in den Mund steckte, grummelte er: »Darf ich bitte essen, was ich möchte?«

»Natürlich darfst du das. Aber ein wenig Gemüse würde dir nicht schaden.«

»Wenn du es sagst.«

»Was soll das jetzt wieder heißen?«

»Dass du es mit deinen Salatblättchen auf dem Teller am besten wissen musst.«

Was meint er bloß? Will er damit wirklich andeuten ..., dachte sie noch, doch da platzte es schon aus ihr heraus: »Willst du etwa sagen, dass ich dick bin?«

Ruckartig schaute er auf. Seine Augen waren groß wie Wagenräder. Ihm blieb das Kuchenstück im Hals stecken, und er hustete. »Aber das habe ich doch ...«

Sofort wurde er von ihr unterbrochen: »Sag schon! Ich bin dir zu dick, nicht wahr?«

Sein »Aber ...« wurde von ihr mittels Stoppzeichen, das sie mit ihrer flachen Hand direkt vor seinem Gesicht machte, unterdrückt.

»Ja, ist schon gut. Ich gefalle dir halt nicht mehr.«

Er setzte nach einem Atemzug wieder zum Reden an. Außer einem erneuten »Aber ...« kam nichts mehr, da Uschi sofort wieder das Wort ergriff.

»Dabei habe ich heute extra das Kleid angezogen, das du so gerne magst.« Sie richtete sich auf und streckte ihren Brustkorb heraus.

»Mausi-Mausi.« Er machte eine Pause. »Hübsch siehst du heute aus.« Ein Lächeln huschte über sein Gesicht.

»Das sagst du jetzt nur so.« Sie lächelte ihn ebenso an, vollführte eine wedelnde Handbewegung, die plötzlich in sich erstarrte. Die Mundwinkel gingen wie automatisch abwärts, und ihre rechte Augenbraue begann zu zucken. »Nur heute sehe ich hübsch aus? Sonst nicht?«

»Aber ...«

Sie sprang von ihrem Stuhl auf und deutete an ihrem Körper auf und ab. »Das mache ich alles nur für dich. Und du weißt es nicht mal zu würdigen. Sogar zum Friseur gehe ich einmal die Woche.«

Vermutlich war es eine Gedankenpause, die er einlegte, da er erst Sekunden später antwortete. »Du arbeitest doch dort. Du gehst dort jeden Tag hin. Bitte setz dich doch wieder hin und lass uns zu Ende essen.«

Im ersten Moment stieg es ihr heiß auf, und sie holte tief Luft. Doch dann besann sie sich und nahm wieder Platz. Schließlich war es heute doch erst der erste Tag des immerhin vierzehntägigen Urlaubs. Da schon einen Streit beginnen wegen eigentlich nichts ... Okay, *nichts* war es auch nicht, aber sie kannte doch ihren Ehemann. Der war einfach eine Wildsau in einem Porzellanladen.

Sie setzte ein gespieltes Lächeln auf. »Also, sag schon. Warum isst du jetzt schon die Nachspeise?«

»Das ist umgekehrte Psychologie«, sagte Heinz, nachdem er das Stück Apfelkuchen hinuntergeschluckt hatte. »Ich esse zuerst die

Nachspeise, damit ich sie noch essen kann.«

Uschi dachte über die Aussage ihres Ehemanns nach und kräuselte ihre Stirn. »Das versteh ich jetzt nicht«, sagte sie nach einer Weile.

Heinz legte seine Kuchengabel zur Seite und schaute sie mit ernstem Blick an. »Ist doch ganz einfach. Beginne ich jetzt mit der Vorspeise, arbeite mich dann weiter zur Hauptspeise, bin ich danach wieder so satt, dass die Nachspeise keinen Platz mehr hat in meinem Magen.«

Diese Erklärung brauchte Sekunden, bis sie von Uschis Gehirn verarbeitet worden war. Zuerst wollte sie noch protestieren. Schließlich war er auf Diät. Doch andererseits erinnerte sie sich an die Worte ihrer Mutter. »*Wenn du einem Kind etwas verbietest, wird es immer das Verbotene machen.*« Somit schmunzelte sie nur. »Schnuckiputzi, du bist ja so klug.« *Umgekehrte Psychologie, ja.* Schweigend aß sie zu Ende und lehnte sich dann satt gegen die Lehne ihres Stuhles. Ein Teller voll mit Gemüse reichte ihr zum Abendessen völlig. Sie schaute auf die Uhr, die im Speisesaal hing. 19:41 Uhr. »Gut, dann gehen wir.«

Sie war gerade im Begriff, sich von ihrem Stuhl zu erheben, als Heinz protestierte: »Warte. Ich habe noch Hunger. Ich hol mir noch was vom Büfett. Das war doch erst meine Vorspeise. Das hab ich dir doch erklärt.« Er deutete auf den Teller, auf dem noch einige helle und auch dunkelbraune Krümel zu sehen waren.

Uschi schnaufte zwar, setzte sich aber wieder.

»Gut, dann mach schnell. Was hast du dir ausgesucht?«

»Das Wiener Schnitzel. Das hat mich angelacht.«

Uschi dachte im ersten Moment, sie hätte sich verhört. »Du bist hier auf einer spanischen Insel und isst Schnitzel? Das ist jetzt nicht dein Ernst?«

»Ich muss ja vergleichen zwischen hier und zu Hause.«

»Wieso probierst du denn nicht die Paella? Die mit den Meeresfrüchten. Mal was anderes als zu Hause. Schnitzel kriegst du in Wien in jedem Wirtshaus.«

Entrüstet schossen die Worte aus seinem Mund: »Ich esse nichts, was Augen hat.«

Uschi hielt sich die Hand vor den Mund, um nicht laut loszulachen. Tränen schossen ihr in die Augen, und sie gluckste. Es dauerte ein wenig, bis sie antworten konnte. Heinz stand auf, nahm seinen Teller zur Hand, da rief sie ihm nach: »Ah ja. Und dein Schnitzel hatte mal keine Augen?«

Er drehte sich zu ihr um und zischte: »Du kannst einem schon den Appetit verderben.«

Heinz machte wieder einen Schritt Richtung Büfett. Sie zeigte auf einen der etlichen Tresen und sagte: »Oder du probierst die kanarischen Kartoffeln, die mit der Mojo-Sauce.«

»Ich will keine narrischen Kartoffeln.«

Klar, der Ohrenarzt meinte, er hat nur ein selektives Hörproblem. Er selektiert, was er hören will und was nicht. Doch Uschi beschlich der leise Verdacht, dass dies so nicht ganz stimmen konnte, und sie sprach lauter und betonte jede Silbe extra. »Ka-na-ri-schen.«

Er kam zum Tisch zurück, winkte aber unwirsch ab. »Ach so. Kanarische Kartoffeln. Jaja, ich weiß, was du meinst. Aber Kartoffeln kann ich zu Hause auch essen.«

»So wie das Schnitzel auch.« Sie hätte sich ohrfeigen können für diese Erinnerung, die er natürlich sofort aufgriff.

»Kann ich mir jetzt mein Schnitzel holen gehen?«

»Natürlich kannst du.«

Vermutlich war es ihre Stimmlage, die ihn dazu zwang, stehen zu bleiben, sie anzustarren und »Was?« zu sagen.

»Ich meine ja nur, dass es schön wäre, wenn du auch mal was Neues ausprobieren würdest.«

Er setzte sich wieder auf seinen Stuhl, zog eine Schnute und verschränkte seine Arme vor dem Oberkörper. »Darf ich dich an Bibione erinnern?«

»Das war etwas anderes.«

»Nein, war es nicht.«

»Doch. Es war ganz anders und noch dazu deine eigene Schuld.«

»Meine Schuld?«, sagte Heinz und pochte mit seinem Zeigefinger auf seinen Brustkorb. »Der Kellner hat mich falsch verstanden.«

»Du hast dir doch selbst die Pizza Funghi bestellt.«

»Die mit Thunfisch wollte ich.«

»Aber du hast auf die Karte gezeigt und noch dazu ›Funghi‹ gesagt.«

»Hab ich gar nicht.« Er pustete scharf die Luft

aus. »Der Kellner konnte nur nicht richtig lesen.«

»Ich hab es doch selbst gesehen.« Mittlerweile flüsterte sie nur noch. Einige Gäste waren bereits auf das Gespräch der beiden aufmerksam geworden und starrten neugierig zu ihnen.

»Gar nichts hast du gesehen. Du hattest deine Brille ja nicht auf. Weil Madam zu eitel ist für eine Brille. So etwas trägt man ja nicht mit knapp sechzig.« Er deutete mit seiner Hand eine divenhafte Haltung an und wischte sich eine unsichtbare Haarsträhne aus dem Gesicht.

»Da war ich gerade erst neunundfünfzig

»Neunundfünfzig ist doch knapp sechzig.« Fast schon unschuldig zuckte er mit den Schultern, was sie so richtig wütend machte.

»Nein, ist es nicht. Neunundfünfzig ist neunundfünfzig. Ich sag ja auch nicht, dass du *fast* siebzig bist.«

Seine Sekunden zuvor noch unschuldige Miene änderte sich blitzartig. »Ich bin fünfundsechzig. Das ist schon ein kleiner Unterschied, findest du nicht?«

»Nein, finde ich nicht.« Ein überhebliches Lächeln folgte. »Jetzt müssen wir bald mal los«, sagte sie, legte ihre Stirn in Runzeln und schaute auf ihre Armbanduhr.

12

Samstag, Tag 1

Heinz glaubte, sich verhört zu haben, als seine Frau sagte: »Jetzt müssen wir bald mal los.« Eigentlich wollte er lediglich zwei Dinge: etwas zu essen und sich ein wenig ausruhen von diesem anstrengenden Tag. Das mit dem Am-Pool-Liegen hatte heute ja nicht mehr geklappt, da Uschi ja unbedingt so lange mit ihm diskutieren musste über diese Ausflüge, die er ja auch unbedingt machen wollte, zumindest ihrer Meinung nach. Und nun hielt sie ihn auch noch davon ab, sich einen zweiten Teller von den leckeren Gerichten zu holen, weil sie ständig Grundsatzdiskussionen mit ihm führen musste. Doch sein Magen sagte laut: Gib mir Essen. Und ehrlich gesagt wollte Heinz dem unbedingt Folge leisten. Er überlegte kurz, ob er überhaupt nachfragen sollte, wohin denn »los« bedeutete oder ob er nicht gleich aufstehen sollte, um seinen Teller und auch seinen Magen vollzukriegen, er war aber dann doch neugierig.

»Wohin ›los‹? Kann ich mir nun endlich noch etwas zu essen holen?«

»Natürlich. Aber nur eine halbe Portion.« Uschi kramte in ihrer Handtasche, holte den

Spiegel hervor und zog ihren Lippenstift nach.

Er schnappte sich zufrieden seinen Teller, war gerade im Begriff aufzustehen, als Uschis Worte in seinem Gehirn verdaut wurden und ihm die Aussage mit der halben Portion übel aufstieß. Er hielt schlagartig inne. »Warum nur eine halbe Portion?«

Sie presste ihre Lippen aufeinander, betrachtete sich von allen Seiten in ihrem Spiegel, den sie kurz darauf in ihrer Tasche verschwinden ließ. Erst dann antwortete sie: »Ich will noch ein Eis essen gehen. Sonst krieg ich das wieder nicht runter.«

Fassungslosigkeit breitete sich in ihm aus. Er musste sich verhört haben. Seine Knie wurden schwach, und er setzte sich. Seine Hände umklammerten den Tellerrand. »Du willst ein Eis essen gehen? Aber was hat das mit mir zu tun? Ich habe doch schon meinen Nachtisch gegessen.«

»Dann bist du selber schuld. Ich möchte mit dir ein Eis essen gehen. Vielleicht ist eine Eisdiele am Strand.«

Bei dem Wort *Strand* wurde er hellhörig. War das nun endlich seine Chance? Ein breites Grinsen legte sich auf sein Gesicht. Poolliege, Strandliege ... egal. Hauptsache Wasser und dann entspannen. Mit oder ohne Sonne. »Das heißt, ich werde meine Badehose anziehen.«

»Was willst du mit deiner Badehose?«

»Na, dann kann ich, während du dein Eis isst, ins Meer gehen.«

»Was genau hast du an ›Ich möchte mit dir ein Eis essen‹ nicht verstanden?« Uschi sprach ganz langsam.

»Aber ich möchte doch kein Eis. Du kannst ja eins essen.« *Sie – Eis, ich – Meer. Perfekter Deal.*

»Also, ich muss auf mein Eis verzichten, nur weil du ins Meer gehen willst?« Sie verzog ihren Mund.

»Aber das eine hat doch nichts mit dem anderen zu tun.« Nun verstand er die Welt nicht mehr. Wo, in Gottes Namen, war hier nun das Problem?

»Wenn ich mit dir ein Eis essen gehen will, dann meine ich: du und ich.« Uschi zeigte mit ihrem Finger zuerst auf Heinz und dann auf sich selbst.

Er legte eine kurze Gedankenpause ein. Mit dringender Notwendigkeit kramte er in seinem Hirn nach einer Lösung. Ihm musste schnell etwas einfallen. Zur Not würde er keine Badehose anziehen, schließlich hatte er doch Boxershorts an. Niemand würde den Unterschied bemerken, zumindest nicht auf den ersten Blick. »Aber, Mausi-Mausi. Das kannst du doch gerne machen. Genieße du dein Eis. Ich bin mir sicher, du kannst mir von dem Platz, an dem du sitzen wirst, beim Schwimmen zusehen. Kannst mir ja zuwinken.«

»Und was ist, wenn ich auch ins Meer will?«, sagte Uschi und stemmte ihre Hände in die Hüften.

Doch eine Badehose anziehen, dachte er und

sprach: »Dann kannst du ja gerne mit mir mitkommen.«

»Aber dann kann ich kein Eis essen.«

»Wir können doch zuerst ins Meer gehen und dann ein Eis essen. Wäre das ein Deal?« Er war ganz nahe an seinem Ziel. Er hörte bereits das Meer in seinen Ohren rauschen und atmete die salzige Luft ein. Jetzt war Vorsicht geboten, und innerlich betete er, der liebe Gott möge sich seiner erbarmen. Doch Uschis nächsten beiden Sätze zerstörten seine Illusionen.

»Dann sind ja meine Haare nass. Da kann ich doch nirgends mehr hingehen.«

Situation retten, schrie es in seinem Kopf. »Aber, Mausi, du siehst doch immer gleich aus.«

Doch anhand ihres Gesichtsausdruckes war es eher ein Verschlimmern als eine Rettung, und sie fragte: »Wie meinst du das: ›Ich sehe immer gleich aus‹?«

Er versuchte sich an seinem unwiderstehlichsten Lächeln. »Du siehst doch morgens, mittags und abends gleich aus.«

Ihre eine Augenbraue zog sich gefährlich nach oben. Das verhieß meistens gar nichts Gutes. »Du willst also sagen, dass ich morgens, direkt nach dem Aufstehen, genauso aussehe wie jetzt?« Sie nahm eine Modelpose ein und drehte sich ein wenig nach links und dann nach rechts.

Und noch bevor er seinem Mund befehlen konnte, die Worte, die er sich dachte, nicht auszusprechen, platzte es aus ihm heraus: »Na ja, fast. Morgens eben ein wenig mehr zerknittert als jetzt. Aber immer gleich schön.«

Wie von der Tarantel gestochen sprang sie von ihrem Stuhl auf, stützte sich mit den Händen auf den Tisch und kam seinem Gesicht ganz nahe. »Zerknittert? Hast du gerade ›zerknittert‹ gesagt? Willst du mir sagen, ich habe Falten?« Theatralisch fuhr sie sich über die Wange. Ihre Lippen bebten.

In diesem Moment kamen Heinz spontan Fluchtgedanken in den Sinn, und er schaute sich nach dem Ausgang um. Doch da flüsterte ihm die Stimme des Engels, der auf seiner Schulter saß, die Lösung ins Ohr. »Ich hab doch ›schön‹ gesagt, Mausi-Mausi.« Er atmete aus, und ein schwerer Brocken fiel von seinen Schultern. Er hoffte nur, dass es nicht das Engelchen war, denn die Blicke seiner Frau waren immer noch tödlich.

»Du hast gesagt, dass ich Falten habe. Willst du dir eine Jüngere suchen, oder wie?«

»Aber ...« Heinz hob seine Hände in die Höhe.

»Ich kann nichts dafür, dass du in der Midlifecrisis steckst.«

»Aber, Mausi ...«

»Du wirst eben auch nicht jünger.«

Letzte Möglichkeit! »Ich liebe dich, Mausi.« Er schickte ihr einen Luftkuss.

Sofort änderten sich ihre Gesichtszüge, und das Blitzen, das Millisekunden zuvor noch in ihren Augen zu sehen gewesen war, verschwand.

»Ich dich doch auch, Schnuckiputzi.«

13

Sonntag, Tag 2

Uschi wurde am Morgen von den gewohnten Geräuschen, die ihren Ursprung direkt neben ihrem Ohr hatten, geweckt. Heinz schnarchte wieder, sodass das Brennholz, das er da sägte, für die nächsten Jahre reichen würde. Somit beschloss sie, aufzustehen und die Aussicht von ihrem Balkon zu genießen. Es war noch finster draußen, trotzdem schob sie die Tür auf und nahm auf einem der beiden Plastikstühle Platz. Gestern Abend waren sie weder in der Cita noch am Strand gewesen. Denn als sie aus dem Speisesaal gekommen waren, hatte Heinz festgestellt, dass es schon dunkel wurde und es zum Eisessengehen einfach zu kalt war. Dabei zeigte die Temperaturanzeige immerhin noch vierundzwanzig Grad an, und kalt war definitiv nur das Eis, das sie nicht genießen durfte. Aber nachdem Heinz in einer fast schon bühnenreifen Vorführung mit Stöhnen und Jammern einen Schwächeanfall vorgetäuscht hatte, gönnte sie ihm diese Ruhepause. Schließlich war er doch schon ein Mann im gesetzteren Alter.

Uschi hatte keine Ahnung, wie lange sie auf

dem Balkon gesessen hatte, die ersten Sonnenstrahlen erhoben sich über dem Meeresspiegel und ließen das Wasser glitzern, da öffnete sich die Schiebetür, und ihr Göttergatte ließ sich erschöpft auf den anderen Stuhl fallen. Natürlich – schließlich hatte er auch die ganze Nacht fleißig gearbeitet.

»Komm«, sagte Uschi zu ihm. »Gehen wir frühstücken. Du siehst aus, als würdest du einen Kaffee benötigen.« Seine Haare standen zu Berge, und das Kopfkissen hatte Abdrücke auf seinem Gesicht hinterlassen. Wortlos schlurfte er davon.

14

Sonntag, Tag 2

Die beiden betraten den Frühstückssaal. Heinz' Herz machte einen Luftsprung, und er konnte sein Glück kaum fassen, als er Uschis Worte hörte.

»Heute ist Sonntag. Da hat das Reisebüro zu.«

Nach dem gestrigen Abendessen hatte er zu seinem Bedauern feststellen müssen, dass es draußen bereits dunkel wurde und die Außentemperaturen zu kalt waren, um noch kurz ins Meer zu springen. Somit täuschte er einen leichten Schwächeanfall vor, und natürlich fiel Uschi, als fürsorgliche Ehefrau, sofort darauf rein. Somit hatten die beiden den restlichen Abend im Bett gelegen, und von dem Film, der ein Liebesfilm war, zumindest war Heinz davon überzeugt, bekam er nur die ersten Minuten mit, bevor er ins Land der Träume entschlummerte.

Er holte sich einen Teller und schaute sich die Auswahl der Speisen genauer an. Heute war anscheinend sein Glückstag, denn Punkt A konnte er keinen aufgeweichten Haferschleim entdecken und Punkt B würde er heute den ganzen Tag am Pool liegen. Perfekter konnte ein Tag doch gar nicht sein, oder?

Er legte sich ein Brötchen auf den Teller und griff nach der Gabel, die neben der verlockenden Wurstplatte bereitlag, als er die Stimme seiner Frau hörte: »Schnuckiputzi? Keine Wurst, ja? Und nimm dir ein Vollkornbrötchen, das ist besser für die Verdauung.«

Sein Magen rebellierte. *Was soll ich sonst essen? Gemüse zum Frühstück auf das Vollkornbrötchen?* Ihm schauderte bei dem Gedanken an das Brot, das noch zu Hause im Küchenschrank lag. Die Hoffnung war groß, dass seine Tochter es mitgenommen oder in den Müll geworfen hatte, wo es schlussendlich hingehörte, und er dieses gefährliche Zeug nie wieder essen musste. Doch nun galt es, andere Hürden zu überwinden.

Er schaute rechts über seine Schulter. Uschi hatte ihm den Rücken zugedreht und bediente sich an der Obsttheke. Allein der Anblick der verschiedenen Wurstsorten, die auf den silbernen Tabletts angerichtet waren, verursachte eine Begierde auf alles, was er dort sah, sodass sich die Speichelproduktion in seinem Mund vervielfachte. Vorsichtshalber strich er mit dem Handrücken über seine Mundwinkel. Nicht dass er sabberte vor Lust. Das wäre wirklich peinlich. *Jetzt oder nie,* dachte er und stopfte eine Scheibe Mortadella in seinen Mund. Doch die Geschmacksexplosion oder – wie es Frank Rosin zu sagen pflegte – »der Gaumensex« blieb aus. Oder zumindest war es der denkbar schlechteste Sex in seinem Leben.

Die Wurst schmeckte ganz und gar nicht so, wie er es sich in seiner Vorstellung ausgemalt hatte. Es war eher eine Mischung aus Fett gepaart mit Gewürzen. Und das war auch schon die detaillierteste Beschreibung, die ihm dazu einfiel. Somit schluckte er den Klumpen Fleisch hinunter, in der Hoffnung, der Geschmack würde damit auch wieder aus seinem Mund verschwinden. Nach einigen Momenten hatte die übermäßige Speichelproduktion wieder nachgelassen, und zur Neutralisierung hatte er sich, natürlich erst nach einem verstohlenen Blick zu seiner Frau, die ihn nicht beobachtete, ein Stück von dem Schinken genommen. Der war wirklich gut. *Also Schinken machen, das können die Spanier. Beim Rest sollten sie sich doch noch ein wenig was von den Deutschen oder den Österreichern abschauen.*

Er stand noch immer am Büfett und hatte bis auf sein Brötchen, das ein weißes war und nicht wie von seiner Frau gefordert mit Vollkorn, noch nichts weiter auf dem Teller. Wurst durfte er auf keinen Fall drauflegen, somit wäre vielleicht Käse eine Alternative. Er schritt zum nächsten Tresen und legte sich zwei Scheiben von dem Gouda auf den Teller. Dann lugte er wieder zwischen dem Schinken und seiner Frau hin und her, und als er sich sicher fühlte, stibitzte er sich noch zwei Scheiben davon, die er genüsslich auf seiner Zunge zergehen ließ.

»Heinz?«

Er schrak zusammen. Die Stimme war so nah

an seinem Ohr. Und ja! Sie stand direkt neben ihm. Außer Obst hatte sie nichts auf ihrem Teller.

»Hm?«, fragte er und hoffte, dass sie sich bald wieder von ihm entfernte, denn er hatte noch ein großes Stück Schinken im Mund. Dieses konnte er im Moment nicht schlucken, da es zu auffällig wäre. Somit blieb es einfach auf der Zunge liegen und wartete auf seinen Einsatz.

»Du nimmst da aber keine Butter dazu, ja?«, sagte Uschi und deutete auf eine Schüssel mit reinweißer Paste. »Das ist Frischkäse. Den kannst du dir nehmen. Der hat nicht so viel Fett.«

Mit diesen Worten entfernte sie sich von ihm, und er schluckte den Schinken hinunter. Doch ein Genuss war das nicht mehr, eher trieb ihn nackte Panik dazu.

Er nahm sich einen Löffel voll von der weißen Paste, so wie es seine Frau ihm aufgetragen hatte. Doch eines war sicher: Das Zeug würde niemals auf seinem Brötchen landen. Bevor er das aß, dann lieber ganz ohne.

Er seufzte laut, als er an dem Kuchenbüfett vorbeischlenderte. Könnte er nicht doch ein Stück an Uschi vorbeischleusen? Vielleicht machte er es genau so wie gerade eben mit dem Schinken? Er drehte sich zu ihrem Tisch um und sah, dass Uschi ihn beobachtete. *Scheiße!* Er lächelte sie an, was sie auch prompt erwiderte.

Irgendwann würde er die Gelegenheit bekommen, davon zu naschen. Schließlich hatte er doch noch dreizehnmal Frühstück vor sich.

Er setzte sich an den Tisch. Trotz der nicht unbedingt appetitanregenden Auswahl auf seinem Teller ließ er sich seine gute Laune nicht verderben und hing seinen Gedanken nach. *Welche Zeitung soll ich heute mit an den Pool nehmen? Lieber die Auto Bild oder doch die Clever Campen?* Er schmierte sich sein Brötchen, und auch Uschi schien durchaus zufrieden zu sein mit seiner Auswahl.

15

Sonntag, Tag 2

Gerade eben hatten die beiden den Frühstücksraum verlassen. »Gehen wir ein wenig die Gegend erkunden? Gestern wol... konntest du ja nicht mehr.«

Vermutlich hatte sie ihn aus seinen Gedanken gerissen, denn nur das würde den starren Blick erklären, der sie traf.

»W... was?«, stotterte er.

»Ein wenig spazieren, Schnuckiputzi«, sagte Uschi und hakte sich bei ihm ein. Sie lenkte ihn in Richtung Hotelausgang, doch er blieb einfach stehen, wie zu einem Felsbrocken erstarrt, und bewegte sich nicht mehr vom Fleck.

»Frage: Warum möchte *ich* jetzt nicht spazieren gehen?«

»Das weiß ich doch nicht, warum du das nicht möchtest. Ich dachte, wir schauen uns einfach mal hier um. Es ist doch gerade erst halb zehn. Wir können ja nachher noch an den Strand gehen und ein Eis essen.«

Plötzlich hellte sich sein Gesicht auf. Seine Mimik und seine Gestik hatten sich in Sekundenschnelle verwandelt. Und Uschi lief es trotz der warmen Temperaturen eiskalt den Rücken hinunter. Der Arzt hatte Uschi gewarnt.

Die ersten Anzeichen der männlichen Wechseljahre: extreme Stimmungsschwankungen. Andererseits, der Arzt hatte gesagt, Stimmungstiefs wären gefährlich. Aber konnte man das bei Heinz überhaupt sagen, wann genau er ein Tief hatte und es sich dabei nicht um seine alltäglichen Nörgeleien handelte? Vielleicht waren bei ihm die Hochs gefährlich? Sie schaute ihn prüfend an. Vielleicht war er gestern Abend doch antriebslos gewesen, und das war gar nicht gespielt? Sie sah die kleinen Schweißperlen auf seiner Stirn. Wieder ein Anzeichen? Musste sie sich ernsthaft Sorgen um ihn machen?

»Da seid ihr ja«, ertönte Cornelias Stimme hinter ihr. Im ersten Moment dachte Uschi an Flucht. Aber wohin? Doch sie kam nicht dazu, einen Plan zu schmieden, denn schon standen Cornelia und ihr Mann Peter vor ihnen.

»Das ist ja schön«, presste Uschi hervor und setzte ein Lächeln auf. »Wir wollten gerade los.«

»Wohin denn los?«, fragte Cornelia und zog ihren Peter ein Stück näher zu sich.

Er ist wie eine Puppe. Die gläsernen Augen, die Gesichtszüge, die eher an einen wandelnden Toten erinnern als an einen Lebenden. Es fehlen nur die Seile an Händen und Füßen. Und der Mund, der auf- und zuklappt.

»An den Strand«, sagte Heinz, und Uschi nahm seine Worte nur als zarten Hauch wahr. Viel zu sehr war sie in Gedanken bei Peter.

»Da kommen wir doch mit, nicht wahr, Peter?« Cornelia strahlte über das ganze Gesicht. Doch von Peter kam keinerlei Reaktion. Nicht mal ein

Zucken. Nichts. Rein gar nichts. Ob das wirklich nur der Baldrian war, der so eine starke Wirkung hatte? Cornelia musste ihn ihrem Mann doch literweise einflößen, dass er so teilnahmslos war. Uschi schwor sich, darüber Recherche im Internet zu betreiben, sobald sie die beiden abgeschüttelt hätten.

»Wir wollten uns vorher hier in der Gegend noch ein wenig umsehen

»Fein«, sagte Cornelia, und Uschis Fluchtgedanken waren wieder präsent. Doch wie um Himmels willen konnte man die beiden wieder loswerden? Ihre Gedanken wurden von Heinz unterbrochen, der in ihrer Handtasche wühlte.

»Was suchst du denn?«

»Den Zimmerschlüssel.«

»Was willst du denn auf dem Zimmer? Wir brauchen doch nichts zum Spazierengehen.«

Er kramte weiter, und sie zog ihm die Handtasche weg. »Ähm … ich brauche noch meine Sachen«, sagte er.

»Welche Sachen denn?«, fragte Uschi.

»Ein … einen Regenschirm.«

Uschi schaute durch die Glasfront auf die Straße. Sonnenschein, wohin man auch blickte. Sie ging einen Schritt nach vorne und richtete ihre Augen gen Himmel. Eine einzige kleine Wolke, und die war fast durchsichtig. Schmunzelnd sagte sie: »Ja, stimmt. Diese Wolke sieht gefährlich nach Regen aus. Ich denke, wir sollten lieber gar nicht gehen.« Noch während sie sprach, zog sie Heinz mit sich ins Freie, und auch Cornelia und Peter folgten den beiden.

Sie gingen die Straße entlang, und Uschi genoss die Stille. Keiner hatte in den letzten paar Minuten etwas gesagt.

»Uschi?«, fragte Cornelia.

Uschi musste aufpassen, dass sie nicht laut aufseufzte. »Ja, Cornelia?«

»Peter hat mich gerade gefragt, wo wir hingehen.«

Peter hat was?, hallte es durch ihr Hirn. Sie blieb abrupt stehen und musterte Peter genau. Nein, er hatte den gleichen teilnahmslosen Blick wie zuvor. Und sie schwor auf das Grab ihrer Großmutter, Peter hatte kein Wort gesagt. Wirklich nicht. Kein Sterbenswörtchen. Rein gar nichts. Nicht mal geflüstert.

Doch sie musste sich ernsthaft zusammennehmen und gute Miene zum anscheinend bösen Spiel machen. »Nur mal da die Straße hinauf.« Sie deutete mit ihrer Hand die Richtung an.

»Schön, nicht wahr, Peter?« Cornelia zog ihren Mann ein Stück weiter.

Nein, Uschi. Das hast du dir nur eingebildet eben. Vielleicht hat Peter wirklich etwas gesagt. Es muss definitiv so gewesen sein. Sie beschleunigte ihre Schritte, und schon kurz danach war das seltsame Pärchen einige Meter hinter ihr und Heinz.

»Bitte, lass uns noch ein wenig schneller gehen«, zischte sie zu Heinz.

»Aber wieso denn? Die beiden sind doch nett.«

»Die sind von nett ganz weit entfernt. Sie mischt ihrem Mann Drogen ins Trinken ...« Uschi kam nicht dazu, den Satz zu beenden, denn hinter ihrem Rücken tobte bereits Sodom und Gomorra. Peter schrie laut los. Ein schriller, spitzer Schrei. Als sie sich umdrehte, zerrte Cornelia an ihm. Peter kauerte in einer Ecke vor einem der unzähligen Geschäfte. Seine Handflächen hatte er auf seine Augen gedrückt, und er gab unverständliche Laute von sich, wie ein wildes Tier, das Schmerzen hatte.

»Er hat einen Anfall«, sagte Cornelia und winkte hektisch.

Sofort liefen die beiden auf das Pärchen zu. Peter murmelte vor sich hin. »Sie sind wieder da. Sie werden mich mitnehmen.« Uschi wollte gerade seine Schulter anfassen, da schnellte Peter blitzartig empor, wie eine Rakete. »Du wirst mir nicht die Spritze in meinen Leib bohren«, schrie er, und im nächsten Moment kauerte er wieder am Boden und wimmerte.

Der Verkäufer aus dem Laden fuchtelte mit den Armen, zückte sein Telefon und sprach Sekunden später mit der Rettung, zumindest hoffte Uschi das. Sie verstand kein Wort. Natürlich nicht. Schließlich war es Spanisch. Und das auch noch hektisch.

Jetzt oder nie! Heinz stand neben ihr und war wie erstarrt. Uschi packte ihn beim Unterarm und zog ihn einige Schritte von dem Geschehen weg. »Komm, Heinz. Wir gehen. Den beiden wird geholfen. Wir können hier sowieso nichts tun.«

»Du kannst nicht einfach gehen. Wir müssen hierbleiben. Die arme Frau. Sie ist doch ganz überfordert mit der Situation. In einem fremden Land, und dann das.« Er zeigte auf Cornelia, die ihren Mann auf die Stirn küsste. Uschi musste zugeben, sie sah wirklich sehr besorgt aus.

»Cornelia, Hand aufs Herz. Was hast du Peter gegeben?«, platzte Uschi heraus, und sie erschrak selbst, dass sie diesen Gedanken laut ausgesprochen hatte.

»Ich ... ich ...«, sagte Cornelia, und die erste Träne lief über ihre Wange. »Ich weiß es nicht. Ich habe doch seine Medizin zu Hause vergessen ...«

Uschi schwante Böses, als sie die Worte vernahm, die urplötzlich verstummten. Cornelia sah sie mit großen Augen an. Peter stammelte etwas Unverständliches, kauerte aber weiterhin am Boden.

Uschi trat ganz nah an Cornelia heran und flüsterte: »Du musst dem Arzt sagen, was du ihm gegeben hast.«

»Wir waren in der Apotheke gestern. Also auf dem Weg dorthin. Und kurz davor kam ein Mann auf mich zu. Er war ganz in Weiß gekleidet. Ich dachte, er arbeitet in der Apotheke. Somit hab ich ihn gefragt, ob er nicht etwas für meinen Mann zur Beruhigung hätte. Daraufhin hat er ein Fläschchen gezückt. Kostete nur zwanzig Euro. Er meinte, das würde meinem Mann sicher guttun.«

»Was hast du gemacht? Du hast auf offener Straße Drogen gekauft?«

»Nein, nur von dem Apotheker was zur Beruhigung.«

»Wo hast du dieses Fläschchen? Hast du das dabei?«

Cornelia nickte und zeigte auf ihre Handtasche. »Ich wollte doch nur, dass sich Peter nicht so aufregt.«

Uschi stöhnte. »Wenn die Rettung da ist, gibst du das Fläschchen sofort an die Sanitäter weiter. Ich befürchte, Peter ist auf einem sogenannten Trip. Du darfst niemals wieder auf offener Straße so etwas kaufen. Hörst du? Und gib ihm nie wieder etwas ins Getränk, klar?«

Die Sirenen kamen immer näher, und schon Momente später wurde Peter von den Rettungskräften in Obhut genommen.

Uschi und Heinz schauten dem Wagen noch hinterher, der mit Peter und Cornelia davonfuhr.

»Starkes Stück, was? Sie gibt ihrem Mann Drogen, damit er ruhig ist.«

»Nicht dass du das mit mir auch mal machst.« Heinz grinste und zwinkerte ihr zu. »Woher wusstest du das mit den Drogen?«

Uschi schmunzelte leicht. »Ach, war nur so ein Bauchgefühl.«

Heinz drückte ihr einen Kuss auf die Wange. »An dir ist eine gute Ermittlerin verloren gegangen. Ich hoffe doch, wir sehen die beiden wieder.«

Ja, das hoffte Uschi auch.

16

Sonntag, Tag 2

Der Abend war angebrochen, und Heinz musste sich eines der Hemden anziehen, die seine Frau ihm auf das Bett gelegt hatte. Soeben knöpfte er es zu und murmelte missmutig: »Und wann kann ich dann wieder an den Pool?«

»Waren wir doch heute am Nachmittag. Was willst du denn mehr?«

Er pfiff durch die Zähne. »Gerade mal eineinhalb Stunden hatte ich Zeit, mich auf meiner Sonnenliege auszuruhen. Dann musste ich mit dir shoppen gehen. Weil du ja so dringend einen neuen Hut gebraucht hast.«

Sie lächelte ihn an und griff sich an die Hutkrempe. »Der ist schön, gell? Gefällt dir auch, ja?«

Er betrachtete den Hut argwöhnisch. Das Einzige, was ihm wirklich daran auffiel, war, dass er kein Vogelnest hatte, dafür eine bunte Schleife, die so dick war wie ein Autoreifen. Er erstarrte förmlich und suchte nach einer Antwort, die er schlussendlich stammelnd vortrug: »Ja, natürlich. Es ist ein toller Hut.«

»Den brauche ich für unsere Ausflüge.«

»Die auch *ich* bezahlen werde.« Die Worte sprach er so undeutlich in seinen nicht vorhandenen Bart hinein, dass er sie selbst kaum verstand.

»Was?«

»Nichts, Mausi. Ich habe nichts gesagt.« Ein Lächeln legte sich auf seine Lippen, als sie sich von ihm abwandte. *Noch mal Glück gehabt,* dachte er sich.

Uschi ging ins Badezimmer zurück und betrachtete sich nochmals im Spiegel von allen Seiten. Dabei zupfte sie leicht an ihrem Hut, bis sie schlussendlich nach mehreren Malen ihrem Spiegelbild zufrieden zuzwinkerte. Heinz konnte zwar keine Veränderung an ihrem Äußeren feststellen, aber wenn sie zufrieden war, war er es auch.

Die beiden verließen das Zimmer, und Heinz steckte den Zimmerschlüssel in seine Hosentasche.

»Glaubst du, Peter geht es gut?«, fragte Uschi und stieg die ersten Stufen hinab.

»Du willst ernsthaft vier Stockwerke zu Fuß hinuntergehen?«, fragte er seine Frau.

»Ja«, meinte sie nur kurz dazu, bevor sie wieder auf das eigentliche Thema zu sprechen kam. »Also, was meinst du?«

»Was meine ich wozu?« Heinz versuchte, sich an ihre Worte zu erinnern. Aber anscheinend hatten diese nicht die Relevanz besessen, sich in seinem Erinnerungsvermögen einzunisten, oder waren mehr aus Versehen als mit purer Absicht gelöscht worden.

Uschi stieß einen Seufzer aus. »Hallo? Ob es Peter wohl gut geht.«

Ganz kurz überlegte Heinz, wer wohl dieser ominöse Peter war. Da fiel ihm ein, dass es sich wohl um den Mann von heute Vormittag handeln musste. »Bin ich Arzt?«

»Nein, natürlich nicht. Du bist, nein, falsch, du warst ein Stempel-auf-Papier-Drücker. Ich wollte nur ... Ach, ist ja egal. Du bist einfach ein empathieloses Wesen. Ein Unempath.«

»Was? Das Wort gibt es gar nicht. Ekpathie heißt das übrigens.« Heinz war auf der Treppe stehen geblieben und schaute Uschi an, die sich zu ihm umgedreht hatte und ihn mit großen Augen ansah.

»Das glaubst du doch wohl selber nicht. Was du mir wieder für einen Blödsinn erzählst. Dann bist du halt ekpathisch.« Mit diesen Worten drehte sie sich wieder um und lief noch einen Deut schneller als zuvor die Stufen hinab.

»Das hab ich aus dem Kreuzworträtselheft.« Heinz stand noch immer an derselben Stelle, doch Uschi bog bereits um die Ecke und verschwand aus seinem Blickfeld. Anscheinend hatte sie die Lust an dieser Diskussion verloren und würde vermutlich still und heimlich ein wenig später mit ihrem Wischhandy danach googeln. Zufrieden, ihr etwas beigebracht zu haben, stieg er die Stufen hinab. Er musste sich beeilen, denn er wollte sie einholen. Allerdings war das einfacher gedacht als getan. Schon nach wenigen Stufen ging ihm die Puste aus, und er musste eine kurze Verschnaufpause einlegen, bevor er langsamer als zuvor hinabstieg.

Vollkommen außer Atem kam er unten an, doch von seiner Uschi fehlte weit und breit jede Spur. *Das ist natürlich noch besser, wenn sie nicht da ist. Die Gunst der Stunde könnte ich doch nutzen ...,* dachte er. Doch dann hörte er schon die Stimme seiner Frau aus Richtung des Speisesaals, was seinen Speichel sofort ins Stocken brachte. Gerade hatte er doch noch von dem leckeren Kuchen geträumt, den er gestern Abend schon auf dem Teller hatte. Doch sein Traum zerplatzte wie Seifenblasen, als Uschi sagte: »Ich hab dir schon dein Essen vorbereitet.«

Er schlurfte mehr in den Speisesaal, als dass er ging. Schließlich ahnte er schon, was ihn erwartete. Uschi zeigte ihm einen Tisch, auf dem zwei Teller bereitstanden. Grüner Salat war das Erste, was er erblickte, garniert mit Karottenstreifen und vermutlich Gurke. Heinz' Magen knurrte. Nicht vor Hunger, sondern aus Verzweiflung, was er gleich zu verarbeiten haben würde. Missmutig ließ er sich auf den Stuhl fallen und schob den Salat zur Seite. Vielleicht versteckte sich noch etwas Gutes unter dem Grünzeug. Doch schon nach wenigen Momenten musste er einsehen, dass dem nicht so war. Uschi war mit einem weiteren Teller in der Hand an den Tisch zurückgekehrt. Neugierig lugte er darauf. Doch außer gegrilltem Gemüse und Fischstücken sah er nichts Appetitanregendes.

Er schob seinen Teller zur Seite. »Ich hab keinen Hunger.«

»Schnuckiputzi, bist du krank?« Uschi sah ihn mit besorgtem Blick an. Doch noch bevor er eine Antwort geben konnte, zog jemand den Stuhl neben ihm ein Stück nach hinten.

»Schön, da seid ihr ja. Wir haben gehofft, dass wir euch hier antreffen. Nicht wahr, Peter?«

Peter nahm neben Heinz Platz, und Cornelia ließ sich neben Uschi nieder.

»Geht es dir besser, Peter?«, fragte Uschi sofort ohne ein Wort der Begrüßung.

Peter nickte stumm. Zumindest zeigte er mehr Reaktion als heute Vormittag. Das war doch immerhin etwas.

»Stell dir vor«, sagte Cornelia. »Die Ärzte haben gesagt, dass es Cannabis war, was ich ihm gegeben habe. Allerdings gab ich ihm zu viel auf einmal. Peter hat nun zugestimmt, dass er zumindest zwei Tropfen nimmt, und wir probieren das einfach aus. Cannabis soll gesund sein, sagte der Arzt.«

Uschis Mund klappte auf und zu, ohne einen Ton von sich zu geben. Heinz musste sich zurückhalten, dass er nicht anfing zu lachen. *Klar, Schatz, gib mir bitte Drogen!*, hallte es durch seine Gehirnwindungen. Er stopfte sich eine Gabel voll Grünzeug in den Mund, sodass er nichts dazu sagen musste und einfach nur stiller Zuhörer sein konnte. Auch Uschi kam nicht zu Wort, denn Cornelia redete ohne Punkt und Komma. Zumindest so lange, bis sie endlich zu essen begann und das Schweigen am Tisch überhandnahm. Heinz hatte seinen Teller leer gegessen. Geschmeckt hatte es ihm nicht, aber wenn der Tiger Hunger hatte, dann fraß er alles, was sich ihm in den Weg stellte oder in diesem Fall auf dem Teller lag.

Uschi stand auf, und als auch Heinz sich erheben wollte, machte sie eine beschwichtigende Handbewegung. »Bleib sitzen. Ich bring dir was.«

Oh nein!

»Aber, Mausi. Das kann ich doch auch selber machen. Denkst du nicht?«

»Ich suche dir schon etwas aus, was gesund ist und dir auch schmeckt.«

Ja, das befürchte ich ja.

»Lass mich wenigstens die Teller für dich tragen. Sonst wird es so schwer, und du hast wieder Schmerzen in deinen Händen.« Die Hoffnung auf ein Nicken von ihr war so groß wie bei einem Jäger, der soeben auf ein leckeres Wildschwein geschossen hatte. Sein Herz klopfte schneller vor Aufregung. Dann die Erlösung – sie nickte. Sofort sprang Heinz auf. Doch bereits Minuten später machte sich in seinem Körper die Enttäuschung breit. Da kam nichts von den Sachen auf den Teller, die er sich gewünscht hätte. Sein Magen gluckste allein beim Anblick der Leckereien. Doch als er auf seinen Teller sah und das Auge dem Magen bekanntgab, was darauf lag, gluckste dieser nicht mehr.

Zurück am Tisch aß er zumindest die Kartoffeln, allerdings ohne diese rote Sauce. Die schmeckten ... na ja ... eben nicht, wie Kartoffeln für gewöhnlich schmeckten. Er lehnte sich zurück und schob seinen Teller zur Seite. Auf keinen Fall würde er das andere Zeug, das ihm seine Frau auf den Teller gehäuft hatte, anfassen, geschweige denn essen.

Uschi sah ihn zwar mit einem vorwurfsvollen Blick an, sagte aber nichts. Immerhin etwas. Die Stimmung am Tisch war auf dem Nullpunkt, und um die Situation aufzulockern, kramte Heinz etwas aus seinem Gedächtnis hervor.

»Ich erzähle euch einen Witz, ja?« Schon bei dem Gedanken daran lachte er laut.

»Bitte, Heinz! Lass das. Du kannst keine Witze erzählen. Du versaust immer die Pointe. Schlimmstenfalls vergisst du sie sogar.« Ein genervter Unterton schwang in ihrer Stimme mit, doch Heinz ließ sich davon nicht beeindrucken. Der Witz war einfach viel zu gut.

»Also, wie viele Deutsche braucht man, um eine Glühbirne auszuwechseln?« Bei den letzten Worten gluckste er schon vor Lachen. Im Büro hatten die Kollegen sich die Bäuche festgehalten.

»Heinz!«, zischte Uschi. »Keine Witze über unsere deutschen Nachbarn.«

»Ach, lass ihn doch«, sagte Cornelia. »Wir haben doch auch Witze über die Österreicher. Das ist doch normal. Wir haben doch auch Humor, nicht wahr, Peter?«

Peter nickte zustimmend und versuchte wohl, seine Mundwinkel nach oben zu ziehen. Diese Mimik entsprang eher einem Horrorfilm als einer

Komödie. Heinz gruselte es.

»Einen!« Heinz' Hand schnellte hoch, und der Zeigefinger reckte sich in die Höhe. Noch während er diese Bewegung ausführte, brach er in schallendes Gelächter aus. Er beruhigte sich schnell wieder, denn die anderen am Tisch stimmten nicht mit in sein Lachen ein.

»Lustig«, sagte Uschi und verzog ihren Mund zu einer Schnute. Die Stirnfalten gruben sich tiefer in die Haut.

Okay, vielleicht brauchen die halt eine Erklärung.

»Wisst ihr auch, warum man nur einen Deutschen braucht?«, fragte Heinz und schaute in die Runde. Nachdem ihn nur unwissende Blicke trafen – außer die von Uschi, die waren mit Blitzen durchzogen –, sprach er weiter. »Weil sie effektiv sind und keinen Humor haben.« Die letzten Worte kamen nur noch undeutlich aus seinem Mund, und er musste sich mehrmals die Tränen aus den Augen wischen, da er so herzhaft lachte. Er hatte gar nicht mitbekommen, dass Uschi aufgestanden war. Er drehte sich um und suchte sie im Speisesaal. Doch er sah sie nicht. »Wo ist denn Uschi?«

»Sie musste sich frisch machen.« Cornelia sah nicht so aus, als hätte sie Sekunden zuvor noch gelacht. Der Witz hatte sich eben doch bewahrheitet. Deutsche hatten keinen Humor.

Wie ein Blitz durchfuhr es ihn. Er schnellte hoch, rannte zum Kuchenbüfett, und gerade als er mit seiner Hand nach einem leckeren Stück greifen wollte, sah er Uschi, die ihn im Blick hatte. Er zog seine Hand wieder zurück. Er kam, er sah und er scheiterte – schon wieder.

Mit gesenktem Haupt schlich er auf seinen Platz zurück und hörte Uschis Stimme. Diese Information war vermutlich für ihn bestimmt: »Morgen werden wir unseren Ausflug buchen, ja?«

Heinz nickte nur. Widerspruch hatte eh keinen Sinn mehr.

17

Montag, Tag 3

»Nach dem Frühstück gehen wir los, ja?« Uschi löffelte ihr Obst aus der Schüssel. Sie hatte hervorragend geschlafen. Ohropax sei Dank.

»Wohin?«

»Na, in das Einkaufszentrum Cita zu Cita-Reisen. Das haben wir doch gestern ausgemacht.«

»Ach so?« Einige Runzeln auf Heinz' Stirn deuteten eine wirkliche und keine gespielte Unwissenheit an.

»Jaaaaaa?«

Er seufzte laut. »Und welchen Ausflug haben *wir* ausgesucht?«

»Es sind doch alle sehr schön. Wir müssen ja auch nicht alles diese Woche machen.« Sie legte eine Pause ein, bevor sie weitersprach. »Es ist nächste Woche auch noch Zeit.«

»Also, du willst alle Ausflüge mitmachen, ja?«

»Natürlich! Du willst das doch auch.«

»Und was ist mit dem In-der-Sonne-Liegen am Pool?« Er stemmte seine Hände in die Hüften.

»Das machen wir, wenn wir wieder zurück sind, okay?« Sie lächelte ihn an. Er verzog zwar seine Miene, nickte aber.

Eine gute Stunde später betraten die beiden das Einkaufszentrum Cita.

»Wo ist denn nun dieses Reisebüro?«, fragte Heinz und schnaubte verächtlich.

»Im ersten Stock. Folge mir einfach. Ich hab mir das im Internet genau angesehen.« Uschi ging schnellen Schrittes voraus, und Heinz war so außer Puste, dass er keine Energie aufbrachte, um weitere missmutige Töne von sich zu geben. Nach mehreren Minuten deutete Uschi auf ein kleines Ladenlokal. »Siehst du? Hier ist es schon.« Heinz rang noch nach Luft, von ihm ging im Moment keine Gefahr aus.

Frank saß hinter dem Schreibtisch, grüßte freundlich und bot den beiden an, sich hinzusetzen.

»Also, mein Mann und ich«, sagte Uschi und blickte kurz zu Heinz, der noch im Türrahmen japsend nach Luft schnappte, »wir wollen Ausflüge bei Ihnen buchen.«

»Sehr schön. Das freut mich. Für welche interessieren Sie sich denn?«

»Für alle.« Uschi drehte sich um und sah, dass Heinz verschwunden war. Sie lauschte, hörte aber auch kein Japsen mehr. *Wo ist er bloß hingegangen?*

»Suchen Sie Ihren Mann?«, fragte Frank und lächelte. »Er ist links um die Ecke gebogen. Da vorne ist ein Café. Vermutlich brauchte er etwas zu trinken.«

»So wird es wohl sein. Also, wir wollen alle

Ausflüge machen.«

Frank breitete bereits die Reiseunterlagen vor ihr aus und erklärte ihr in der nächsten halben Stunde die Fahrten, die Treffpunkte und alles, was es sonst noch zu wissen gab. Heinz trat in dem Augenblick in das Büro, als Frank die letzte Fahrt erläuterte, nämlich die ins Inselinnere. Uschi biss sich auf die Zunge, um ja kein Wort zu sagen, und wartete, bis Frank mit seinen Ausführungen fertig war.

»Wo warst du?«, zischte Uschi ihren Mann an.

»Da vorne.« Heinz deutete geradeaus, dabei hatte Uschi genau gesehen, dass er die Stufen von unten hochgekommen war.

»Was hast du gemacht? Ich dachte, wir wollten Ausflüge buchen?«

»Machst du doch schon. Was soll ich hierbei tun? Sind wir dann fertig?« Er schaute angestrengt auf seine Armbanduhr. Das machte er immer, wenn er keinen Bock hatte und einfach nur gehen wollte.

»Gleich. Bezahlen musst du noch, dann sind wir schon fertig.« Als die beiden das Büro verließen, schoss Uschi ihn sofort wieder an: »Wo warst du die ganze Zeit?«

»Was du immer alles wissen willst! Da halt irgendwo.« Er deutete mit seiner Hand verschiedene Richtungen an.

Plötzlich kroch Uschi ein bekannter Geruch in die Nase. Sie stieg die Stufen hinab, und da sah sie es.

»Du warst da drinnen, nicht wahr?« Sie

deutete auf die Bäckerei, die ihre süßen Mehlspeisen in der Auslage ausgestellt hatte. »Du sollst doch nichts Süßes essen. Das ist schlecht für dein Cholesterin. Das weißt du doch genau.«

»Ich möchte jetzt an den Pool. Ist das nun möglich?«, sagte er, ohne auf ihre Worte einzugehen. Er beschleunigte seine Schritte, doch schon wenige Meter weiter machte sich seine fehlende Kondition bemerkbar, und er entschleunigte sich wieder. Uschi lächelte nur. Sagen musste sie dazu gar nichts.

18

Montag, Tag 3

Im Hotel angekommen griff Heinz als Erstes zu dem Notizblock, der auf der kleinen Anrichte lag. Dann nahm er das Handtuch, das er sich gestern gekauft hatte, als Uschi die hunderttausend Hüte aufprobierte, und war zum Abmarsch bereit. Die Badehose hatte er sich schon in der Früh angezogen. Uschi packte noch unzählige Cremes in die Tasche, die sie extra für die Pool- oder auch für die Strandtage, die hoffentlich noch folgen würden, gekauft hatte.

»Bist du fertig? Können wir endlich gehen?« Heinz hatte den Knauf der Zimmertür bereits in seiner Hand. Allerdings kam keine Antwort, nur ein Schnaufen war zu hören. Er wankte von einem Fuß auf den anderen. »Uschi?«, sagte er und zog das I in die Länge.

»Weißt du, wo mein Bikinioberteil ist?«

Für einen Moment schloss er seine Augen. Nur ganz kurz. Vielleicht war es nur ein Traum, und wenn er seine Augen wieder öffnete, stand sie startklar neben ihm. Doch das geschah nicht. Stattdessen sah er Bekleidungsstücke, die vermutlich vorher im Schrank waren, auf das Bett fliegen.

»Uschi?«, fragte er nochmals, allerdings zog er jetzt beim Sprechen das U in die Länge.

»Ich brauche mein Bikinioberteil.«

»Du hast doch eins an. Wo ist das Problem?« Er ging einen Schritt ins Zimmer zurück. Ein einzelnes Band lugte unter dem Haufen, der sich auf dem Bett gebildet hatte, heraus. Er zog daran. »Da ist noch eins.« Mit spitzen Fingern hielt er es ihr entgegen.

Sie schaute hoch, allerdings rümpfte sie die Nase. »Nein, nicht das. Ich suche das andere.«

»Ich verstehe nicht, warum dieses nicht passen sollte. Du suchst ein Oberteil. Hier ist eins. Also, gehen wir jetzt endlich?« Er ließ es in die Tasche fallen, doch Uschi zog es wieder heraus.

»Ich mag das nicht. Ich suche das andere. Das mit den schwarzen Verzierungen drauf.«

»Warum nimmst du das mit, wenn du es nicht magst?«

»Das verstehst du nicht. Dieses brauche ich für den Strand.« Sie machte eine abwertende Handbewegung und kramte weiter. Der Gedanke schoss ihm wie ein Pfeil durch sein Hirn, als er feststellte, dass dieser Kleiderberg auf dem Bett nur aus ihrer Wäsche bestand. *Sie selbst hat so viele Sachen mitgenommen, aber meine langen Unterhosen hat sie nicht eingepackt. Da hat sie mich angelogen.*

Heinz zog es vor, sich wieder an der Tür zu positionieren und auf keinen Fall nachzufragen, warum man einen Bikini für den Strand und einen für den Pool brauchte. Das würde nur eine nicht mehr enden wollende Diskussion auslösen, und er war doch seiner Poolliege schon so nah. »Ich gehe schon mal vor, ja?« Er öffnete die Tür.

»Warte auf mich. Ich komme ja gleich. Jetzt hab doch ein wenig Geduld.«

Sein Kopf senkte sich, und er zog tief Luft in seine Lunge. So verharrte er, und Minuten später, die sich wie Stunden angefühlt hatten, waren die beiden auf dem Weg zum Pool. Als sie dort ankamen, herrschte Hochbetrieb. Zwei einzelne Liegen waren noch frei, doch diese standen nicht nebeneinander. Die restlichen Liegen waren alle mit Handtüchern belegt.

Noch besser, dachte er und grinste in sich hinein. Aber er hatte die Rechnung ohne seine Frau gemacht.

»Schnuckiputzi. Hol die eine Liege und stell die neben meine.« Sie zeigte auf die andere freie Liege.

Widerworte schossen ihm durch seinen Kopf. Er biss sich auf die Zunge, übergab sein Handtuch an Uschi und stellte die andere Liege neben die, auf der sich Uschi bereits breitmachte.

Sekunden später befand er sich dann auch in der Horizontalen. Er genoss, wie die Sonne auf seine Haut schien, nichts könnte perfekter sein als das. Es war nun endlich Urlaub angesagt. Seine Muskeln entspannten sich, und Ruhe kehrte in seinen Körper ein und auch in seinen Geist.

»Heinz?« Die Stimme schnitt wie ein unsichtbares Messer durch die Stille und zerfetzte sie in kleine Stücke.

Er ließ seine Augen geschlossen. *Tot stellen ist die einzige Möglichkeit. Vielleicht hört sie dann auf.*

Eine Hand berührte seinen Unterarm, und die Stimme wiederholte seinen Namen. Diesmal lauter als zuvor. Er blinzelte zu Uschi, die ihm die Sonnencremetube hinhielt. »Du musst mir noch meinen Rücken eincremen.«

Sein Körper schrie: *Nein!*, doch sein Verstand sagte: *Ja. Dann hast du endlich deine Ruhe.* Als er das schmierige weiße Zeug auf ihren Rücken gerieben hatte, lag er Minuten später wieder entspannt da. Soeben entschlummerte er sanft in einen traumlosen Schlaf, da riss es ihn plötzlich wieder hoch. Der Schrei, vielleicht zwanzig Zentimeter neben seinem Trommelfell, kam völlig unerwartet. Ein paar Wassertropfen benetzten sein Gesicht. Verwirrt blickte er gen Himmel, doch dort war keine Wolke zu sehen. Also war es kein Regen. Millisekunden später erkannte er den Verursacher des Geschreis und auch des Wassers. Ein kleiner Junge, vielleicht vier Jahre, stand an der Poolliege nebenan und brüllte sich die Seele aus dem Leib. Doch von den dazugehörigen Erwachsenen war keine Spur zu sehen.

»Na, mein Kleiner?«, sagte Heinz sanft und berührte das Kind am Arm. Doch anstatt sich zu beruhigen, schrie der Junge noch lauter und zuckte vor seiner Berührung zurück. Heinz zog seine Hand von ihm fort und blickte ratlos zu

Uschi, die sich ebenfalls auf ihrer Liege aufgesetzt hatte. Die Rettung, in Form einer blonden Frau, die mit gewichtigen Schritten auf den Jungen zulief, nahte. Schon von Weitem rief sie dem Jungen etwas zu und ballte die Faust. *Warum schwingt die ihre Fäuste so?*

Sie war keinen Meter mehr von ihm entfernt, da rannte der Junge auf sie zu und klammerte sich an ihrem Oberschenkel fest. Doch die Frau kam näher an Heinz heran. Er verstand zwar ihre Worte nicht, da sie eine andere Sprache zu sprechen schien, doch entnahm er ihrer Gestik, dass sie ihn für das Geschrei ihres Sohnes verantwortlich machte. Abwehrend hob er die Hände. Sie schrie weiterhin wild gestikulierend auf ihn ein. Heinz schaute einige Male zu Uschi, die nur mit ihren Schultern zuckte und sich die Reaktion der Frau anscheinend auch nicht erklären konnte.

»Sie sprechen Deutsch?«, hörte er den Bademeister sagen, der sich neben die Frau stellte.

»Ja, ich spreche Deutsch«, antwortete Heinz. »Aber was ist denn los? Ich wollte doch nur helfen.«

»Die Dame sagt, Sie haben ihrem Sohn wehgetan.«

»Aber … ich hab doch gar nichts gemacht. Ich hab ihm nicht wehgetan.«

»Ich muss Sie bitten, den Poolbereich zu verlassen. So was können wir hier nicht dulden.«

Heinz konnte die Worte nicht fassen. Im ersten

Moment glaubte er an einen schlechten Scherz.

»Er hat nur helfen wollen«, sagte Uschi. »Ich kann das bestätigen. Der Junge hat schon geschrien, da hat mein Mann noch auf seiner Liege gelegen und hat geschlafen.«

»Ja, das habe ich auch gesehen«, mischte sich eine ältere Frau ein, die einige Liegen weiter links ihren Platz hatte.

Einen Wortwechsel zwischen dem Bademeister und der Mutter später war die Situation geklärt. Doch Heinz saß noch immer. »Unglaublich, oder? Also, das nächste Mal, wenn ein Kind neben mir schreit, werde ich es einfach ignorieren. Wie schnell man doch in eine absurde Situation kommt. Unfassbar.« Er schüttelte den Kopf.

Uschi blätterte in ihrer Zeitschrift. »Du darfst dich heutzutage in nichts einmischen. Ist leider so.«

»Ich gehe jetzt in den Pool, ja?«

Er wartete nicht auf ihre Antwort, sondern sprang ins kühle Nass. Ein eiskalter Schauer durchzog seinen Körper, und die Haare auf seiner Haut rauften sich um einen Stehplatz. Wahrscheinlich war er von der Sonne so aufgeheizt, dass ihm das Wasser so eisig erschien. Das würde sich legen, wenn er ein wenig Bewegung hatte. So schwamm er einige Runden, so gut es eben ging, da sich viele Leute im Pool aufhielten und er maximal zwei Schwimmzüge hintereinander machen konnte, doch die Kälte blieb.

Wie zu einem Eisblock erstarrt, lag er Minuten später wieder auf seiner Liege. Das Handtuch presste er an seinen Körper, und seine Zähne klapperten.

»Na? Doch zu kalt, was? Das hab ich dir aber gestern schon gesagt. Aber du wolltest ja nicht auf mich hören. Man springt halt nicht einfach so ins Wasser.«

»Jaja.«

Uschi ließ von ihm ab und wandte sich wieder ihrer Zeitung zu.

Es dauerte mit Sicherheit eine halbe Stunde, bis sich Heinz erwärmt hatte, trotz Sonne und Handtuch auf seinem Körper. *In den Pool geh ich nicht mehr. Das ist schon mal gestrichen.*

19

Dienstag, Tag 4

Uschi hörte die Reiseleiterin Eva über das Mikrofon sprechen: »Wir sind jetzt am romantischen Strand von Playa de la Aldea angekommen. Hier werden wir nun gemeinsam einige Stunden verbringen.«

»Hast du gehört, Heinz?«, sagte Uschi und stieß Heinz mit dem Ellbogen an. »Romantischer Strand. Toll, nicht?«

Er grummelte nur etwas vor sich hin, was sie nicht verstand. Er war den ganzen Tag schon so seltsam drauf. Nein, wenn sie es sich genau überlegte, war es nicht der ganze Tag. Heute Vormittag hatte er noch gemault, als sich die beiden gemeinsam mit der Reisegruppe die Windmühle in Mogán angeschaut hatten. Da wusste er wie üblich an allem etwas auszusetzen. Die Farbe der Mühle blättere ab, der eine Flügel sehe neuer aus als der andere, die Größe der ausgestellten Stühle passe proportional nicht. Doch als die Fahrt weiterging und sie am Kaktuspark ankamen, wurde er still. Er schlich der Gruppe hinterher. Dabei gab es dort so viel zu sehen. Schöne blühende Kakteen in Hülle und Fülle. Die Exemplare mit den handtellergroßen

121

Blüten hatten es Uschi besonders angetan. Sie hatte sie sofort mit ihrem Handy fotografiert. Als sie Heinz darum bat, ein Foto von ihr und einem Kaktus zu machen, reagierte er nicht darauf und ging einfach stur weiter. Einer der Mitreisenden, Siegbert Fröhlich, hatte ihr schlussendlich ihren Wunsch erfüllt. Siegbert hatte auch schon das Foto mit der Mühle gemacht, das ihr Ehemann verweigert hatte. Lag Heinz' Laune etwa an Siegbert?

Sie hatte keine Zeit, darüber nachzudenken, denn ihre Reihe war dran auszusteigen. Bei der letzten Stufe reichte Siegbert ihr galant seine Hand, die sie auch sofort ergriff. Ein reizender, charmanter Mittsechziger war er. »Kommen Sie, schöne Frau. Wollen wir doch gemeinsam den romantischen Strand erkunden.« Uschi drehte sich zu Heinz um, der noch immer seinen missmutigen Blick aufgesetzt hatte. *Dir zeig ich es,* dachte sie und hakte sich bei Siegbert ein.

Die Reiseleiterin Eva winkte alle zu sich heran. »So, meine Lieben. Hier werden wir nun einen Kaffee zu uns nehmen.« Sie deutete auf eines der Häuser, die dort standen. Eine breite Promenade mit einigen Restaurants und Cafés lud zum Verweilen ein.

Die Reisegruppe folgte Eva zu einem Café, und als alle im Schatten der Pinienbäume Platz genommen hatten, schaute Uschi sich nach Heinz um, sah ihn aber nicht. Als er nach einer Weile noch immer nicht aufgetaucht war, entschuldigte sie sich bei Siegbert, stand auf und schaute sich nochmals suchend um. Noch immer keine Spur von ihm. Sie ging zurück auf die Promenade, doch auch dort war er nicht. *Wo ist er bloß abgeblieben?* Ein schlechtes Gefühl machte sich in ihrem Bauch breit. War ihm etwas zugestoßen? Vielleicht hatte er einen Schwächeanfall erlitten und lag nun einsam auf der Straße. Weit und breit keine Hilfe zu sehen, und er rang mit dem Tod. Die ersten Schweißperlen traten auf ihre Stirn, und sie spürte, die kamen nicht von der Sonne, die auf sie hinabschien, sondern von der innerlichen Panik. Hatte sie etwa seine abwesende Haltung falsch gedeutet? Sie, und ganz allein sie, wäre schuld, wenn ihrem Mann etwas zugestoßen war. Verzweifelt blickte sie sich um, und da sah sie einen Menschen auf der Brüstung, die zum Strand führte, sitzen. Sie rannte auf ihn zu, und Erleichterung machte sich in ihr breit, als sie Heinz erkannte.

»Was machst du denn da? Ich hab mir solche Sorgen um dich gemacht«, sagte sie Momente später. Erst jetzt sah sie den Zettel, den er in seinen Händen hielt.

»Weißt du? Ich hab mir das anders vorgestellt. Im Prospekt stand, dass wir die Abendsonne hier genießen. Und jetzt gehen wir schon wieder Kaffee trinken. Ich will ins Meer und dort genießen.«

»Dann mach das doch, wenn du das willst.«

»Hast du dir diesen Strand schon einmal angesehen? Hier sind massenhaft Steine. Da breche ich mir alle Knochen.«

Uschi schaute sich um. Die Bucht lag eingekesselt zwischen zwei Bergen, die steil in den Himmel ragten. Für sie sah es hier wirklich romantisch aus. Weit und breit sah man nur Natur. Eine herrliche Ruhe umgab diesen Ort. In dem kleinen Hafen, der dem Strand gegenüberlag, legte gerade ein Fischer mit seinem Boot an. Romantischer ging es wohl kaum.

»Hier steht«, sagte Heinz und tippte auf seinen Zettel, »in der Nachmittagssonne die Brandung genießen. Von Kaffee steht da nichts.«

»Was hast du da für einen Zettel?«, fragte Uschi und nahm diesen Heinz ab. Eindeutig erkannte sie Heinz' Handschrift darauf. In chronologischer Reihenfolge waren alle Ausflugsziele angeordnet. »Wofür ist das?«

»Ich will ja wissen, wo es hingeht und was uns so versprochen wurde. Ich überprüfe nur, ob das so richtig ist. Und nein, es ist nicht richtig. Kaffee trinken hat nichts mit Brandung und Genießen zu tun.«

»Wann hast du das geschrieben? Ich hab das gar nicht mitbekommen.«

»Du bist auf der Liege eingeschlafen. Da hab ich die Zeit genutzt.«

»Bist du deswegen so schlecht drauf?« Uschi kam näher an ihn heran.

»Diese blauen Steilhänge hab ich auch nicht gesehen.« Er tippte auf den Zettel.

»Aber, Schnuckiputzi. Natürlich hast du sie

gesehen. Der Bus blieb sogar kurz stehen. Du wolltest einfach nicht aussteigen, aber gesehen hast du sie schon. Komm jetzt. Hör auf, Trübsal zu blasen. Wir gehen Kaffee trinken.«

»Nein.« Er verschränkte seine Arme vor der Brust.

»Bitte, Heinz. Jetzt stell dich nicht so an wie ein kleiner Junge. Die anderen warten sicher schon auf uns.«

»Falsch. Auf dich. Auf dich wartet nur einer. Dieser aalglatte Typ. Widerlich, wie der um dich herumschleicht.«

Fast hätte Uschi gelacht, doch dann sah sie seinen ernsten Gesichtsausdruck. »Du bist eifersüchtig.«

»Ach Quatsch. Nein, ich will nur keinen Kaffee. Das ist alles.« Noch immer mied er ihre Blicke.

»Schnuckiputzi. Ich lieb doch nur dich. Bitte, komm mit mir mit. Das mit Siegbert Fröhlich ist doch nichts. Er ist einfach nur nett und hilfsbereit. Nicht mehr und nicht weniger.« Sie hob seinen Kopf mit ihrem Zeigefinger an und drückte ihm einen Kuss auf. Sein Gesichtsausdruck erhellte sich. Heinz schnaufte zwar schwer, doch schon Momente später gingen die beiden Hand in Hand zu den anderen.

20

Mittwoch, Tag 5

Wieder ein Ausflug, dachte Heinz, als er morgens in den Bus einstieg. Nachdem Eva die heutigen Ziele, unter anderem viele Museen, aufgezählt hatte, war seine Laune mal wieder am Tiefpunkt angelangt.

»Ich hab keine Lust auf Museen«, maulte Heinz leise zu Uschi.

»Das wird dir gefallen. Da bin ich mir sicher. Besonders die Ausstellung mit den Tieren und Pflanzen. Die ist in einer Schlucht, hab ich im Prospekt gelesen.«

»Toll. Klingt ja höchst interessant. Kannst du dir das nicht auch auf deinem Wischhandy anschauen?«

Sie schüttelte ihren Kopf und bedachte ihn mit einem bösen Blick. »Es ist in natura schon was anderes. Findest du nicht?«

Ein »Pah« entfuhr seinem Mund. »In natura. Dass ich nicht lache. Die Tiere und Pflanzen dort sind sicher nicht echt. Also mit *natura* hat das wohl rein gar nichts zu tun.« Bei dem Wort natura malte er mit seinen Fingern Gänsefüßchen in die Luft.

»Du kannst wohl immer nur das Negative in allem sehen, was? Du bist ein richtiger Spießer. Ein Langweiler.«

»Ich bin …«, sagte Heinz, allerdings

unterbrach ihn das Engelchen, das auf seiner Schulter saß und ihm ins Ohr flüsterte: *»Heinz, lass das. Es ist gerade mal halb zehn Uhr morgens. Willst du wirklich den ganzen Tag über das Thema diskutieren? Du weißt doch noch, als sie dich das letzte Mal als Langweiler bezeichnet hat, dass du schlussendlich aus der Diskussion als Verlierer hervorgegangen bist und dich bei ihr entschuldigen musstest. Überlege dir gut, was du sagst.«*

Heinz lugte zu Uschi hinüber, die ihre Beine bequem übereinandergeschlagen hatte und in ihrem Reader las. Ein Seufzer entfuhr ihm und blies das letzte Fünkchen Wut heraus, das in ihm gesteckt hatte. Er nickte, schaute aus dem Fenster und ließ die Landschaft auf sich wirken.

Die Fahrt mit dem Bus dauerte eine gute halbe Stunde. Dann kamen sie beim ersten Zwischenziel, in Playa Arinaga, an.

Heinz suchte beim Aussteigen Eva, die Reiseleiterin. Schließlich war eine wichtige Frage noch zu klären. Sie lächelte ihn schon an, als sie sah, dass er auf sie zukam.

»Eva? Darf ich Sie etwas fragen?«

»Aber natürlich. Sie dürfen mich alles fragen.«

»Wann gibt es Mittagessen?«

»Meist sind wir gegen dreizehn Uhr im Restaurant.«

Heinz schaute auf seine Uhr. Das waren noch gute drei Stunden. Das Mittagessen war das Ende des heutigen Ausfluges. Noch während er überlegte und die Stunden zählte, wandte sich Eva von ihm ab, um alle ihre Gäste wie

Schäfchen um sich zu scharen.

»Moment. Ich hab noch eine Frage«, sagte Heinz und hob seine Hand, so wie er es in der Schule gelernt hatte.

Wieder zauberte sich ein Lächeln auf Evas Lippen. Auffordernd sah sie ihn an.

»Und was gibt es heute zum Mittagessen?«

»Heinz hat gerade eine Frage gestellt, die euch sicher alle interessieren wird«, sagte Eva und winkte die Teilnehmer der Reisegruppe ein Stückchen näher zu sich heran. »Heute Mittag werden wir in den Höhlen von Guayadeque typisch kanarische Küche erleben. Solche Tapas, wie sie die Oma zu Hause macht.«

Heinz verdrehte seine Augen. Das klang nicht so lecker, was Eva da mit einem Lächeln ankündigte. Er schnaufte, und Uschi stieß ihn mit ihrem Ellbogen in die Seite. »Benimm dich gefälligst.«

Eines musste Heinz diesem Restaurant lassen. Das Ambiente war definitiv etwas Besonderes. Eva hatte mit ihrer Antwort am Vormittag nicht übertrieben. Das Restaurant war tatsächlich in den Felsen hineingebaut worden. An Wänden und Decken sah man die Felsenstruktur, die allerdings mit einer glänzenden Schicht überzogen war. Aus Hygienegründen, vermutete Heinz. Er nahm, wie alle anderen auch, an dem großen Holztisch Platz. Uschi setzte sich neben ihn.

Einige Teller mit verschiedenen Gerichten standen auf dem Tisch. Ein Wurstblatt hatte es Heinz angetan, und zufrieden nahm er dieses mit der Gabel auf und steckte es in seinen Mund, bevor Uschi etwas dazu sagen konnte. Doch Millisekunden später verzog er angewidert sein Gesicht. »Wäh. Was ist das denn?« Die Pampe wurde immer mehr in seinem Mund. Das erinnerte ihn wieder an das Nussbrot, das hoffentlich zu Hause vor sich hinvegetierte oder im besten Fall schon entfernt worden war.

»Eine Chorizo«, antwortete Uschi und nahm eine der grünen Paprikaschoten, die mit einer eigenartigen weißen Kruste überzogen waren, in den Mund.

»Es schmeckt nach Fett und Paprika.«

Schnapsgläser mit einer durchsichtig bräunlichen Flüssigkeit standen mittig auf dem Tisch. Schnell schnappte Heinz sich eines und schüttete den Inhalt in seine Kehle. Ein wohliger süßlicher Geschmack breitete sich in seinem Inneren aus.

»Es ist ja eine Paprikawurst«, sagte Uschi. »Das ist typisch hier. Es ist mehr fettes Fleisch drinnen.«

»Also eins ist sicher. Wurst machen können die hier nicht. Aber dafür einen guten Likör. Der schmeckt mir.« Er griff nach der Flasche, schenkte sich erneut ein und leerte sein Schnapsglas.

»Hör auf zu trinken. Das ist Ron Miel. Honigrum. Der ist hochprozentig.«

»Macht nichts. Gut ist er, das ist das

Wichtigste.«

»Probier doch mal die Papas Arrugadas mit der roten Sauce.«

Heinz deutete auf die Kartoffeln. Seine Zunge fühlte sich ein wenig schwer an. »Was ist denn das Weiße, was da auf der Schale oben klebt?«

»Salz ist das.«

»Das ist dir doch auch schon mal passiert, dass du etwas versalzen hast, nicht?«, sagte er lachend und zwinkerte ihr zu.

»Das sind die kanarischen Kartoffeln. Die gehören so.«

Sein Magen gluckerte, und in seinem Körper breitete sich ein wohlig warmes Gefühl aus. Er schnitt sich ein Ministück ab, steckte es in den Mund und verzog wieder das Gesicht. »Die schmecken salzig.«

Uschi entfuhr ein Seufzer. »Jaha … hab ich dir doch soeben erklärt. Das kommt von der Salzkruste.«

Während sie noch sprach, schenkte er sich ein weiteres Gläschen ein und leerte es in einem Zug. »Aber dieses Getränk ist sehr lecker.«

»Hör auf jetzt, zu trinken. Du hast schon genug. Koste lieber das.« Sie steckte ihm etwas in den Mund. Es musste am Alkohol gelegen haben, dass er bereitwillig seinen Mund geöffnet hatte. Auf seiner Zunge breitete sich ein penetranter süßer Geschmack aus, untersetzt mit einer leichten Bitternote. Vor allem der Teiggeschmack war vorrangig. »Wäh. Was ist denn das? Ist das eklig süß.«

»Das ist eine Nachspeise hier. Nennt sich

Turrón.«

»Egal wie es heißt, es ist nicht essbar.«

»Da sind Mandeln, Honig und Gofio drinnen. Ich finde, das schmeckt sehr gut.«

»Das schaut aus wie dieses Zeug, das du mir vor Kurzem mal vorgesetzt hast. Kussmund oder so ähnlich.«

»Du meinst Couscous. Das soll aber sehr gesund sein.«

»Gesund hin, gesund her. Ich esse das sicher nicht. Ich koste auch nichts mehr. Ich will ein Schnitzel haben.«

»Was der Bauer nicht kennt, isst er nicht, gell?«, sagte sie und legte eine Pause ein. »Bitte, jetzt stell dich doch nicht so an. Dir schmeckt ja wirklich gar nichts hier.« Ein zynisches Lächeln zierte ihr Gesicht.

Doch er ließ sich nicht davon beirren, goss sich wieder Schnaps in sein Glas und trank es in einem Zug aus. Dann prostete er ihr mit dem leeren Gläschen zu. Seine Zunge lag schwer in seinem Mund, als er sagte: »Doch, das schmeckt mir schon.« Er kicherte.

»Hör jetzt auf, dir das Zeug kübelweise reinzuschütten.« Ihrem zornigen Blick entnahm er, dass es ihr nicht recht war, dass er Spaß hatte. Sie war eben die Spaßbremse, nicht er, wie sie immer behauptete.

Er kam ganz nahe an sie heran und flüsterte: »Aber, Mausi-Mausi. Das sind doch keine Kübel.« Er hielt sein leeres Glas in die Höhe. »Das ist ein Stamperl.«

21

Donnerstag, Tag 6

Uschi seufzte laut, als sie frühmorgens auf dem Balkon saß und den gestrigen Tag nochmals gedanklich vorüberziehen ließ. Besonders der Abend stieß ihr bitter auf. Nicht nur, dass Heinz sich betrunken hatte. Nein, das war noch nicht genug gewesen an Peinlichkeit. Der Bus war dreimal auf dem Rückweg zum Hotel stehen geblieben, weil Heinz sich übergeben musste. Dadurch, dass er nicht mal mehr allein stehen konnte, waren Siegbert Fröhlich und ein anderer Mitreisender jedes Mal mit aus dem Bus gestiegen und hatten ihm geholfen. Die beiden hatten ihren betrunkenen Mann sogar ins Hotelzimmer geschafft.

Sie hoffte inständig, dass die meisten Teilnehmer der Reisegruppe, deren Blicke sie gestern mitleidig getroffen hatten, beim heutigen Ausflug ins Aquarium nicht dabei waren. Ansonsten half nur die Bitte an Gott, er möge ihr das Loch zum Verkriechen öffnen. Was er allerdings noch nie getan hatte.

Heinz schnarchte laut und gluckste. *Boah! Ich könnte dich erwürgen. Bis der Tod uns scheidet, hab ich versprochen. Allerdings wurde nicht gesagt, wie dieser Tod eintritt.* Während er erneut zu einem Schnarcher ansetzte, der wie ein Motor mit Startschwierigkeiten klang, legte sie ihre Hände zu einem Kreis aneinander und drückte zu. Natürlich stellte sie sich seinen Hals nur vor ihrem geistigen Auge vor und wie er nach Luft japste, wenn ihm endgültig die Puste ausginge.

Ehrlich gesagt hatte er ihr die Lust auf den Ausflug so richtig verdorben. Das konnte doch wohl nicht wahr sein.

Wann ist mein Mann zu einem Säufer mutiert? Macht er das in letzter Zeit öfter? Trinkt er zu Hause heimlich, während ich auf der Arbeit bin? Oder war das auch ein Anzeichen für diese Hormonschwankungen? Kam er vielleicht mit seiner Pensionierung nicht klar? Oder lag es an Uschi selbst, die momentan noch zu wenig Zeit für ihren Ehemann hatte. Schließlich musste sie noch zwei Jahre arbeiten, damit auch sie endlich die Pension genießen könnte. Oder brauchte Heinz nur ein Hobby, das ihn beschäftigte? Aber was interessierte ihn eigentlich? Uschi dachte scharf nach. Bis auf Campen und Gartenarbeit fiel ihr nichts ein. Andere Männer sammelten Briefmarken, Postkarten, Bierdeckel, Kugelschreiber. Aber ihr Mann? Nichts von alledem. War es das, was ihm fehlte? An irgendetwas musste es doch liegen, dass er von heute auf morgen in einer Krise feststeckte. Ein Nörgler war er schon immer gewesen, sie kannte ihn ja nicht anders. Aber so schlimm wie in den letzten Monaten war es noch nie. Vielleicht musste sie ihm mehr Aufgaben im Haushalt übertragen, dann kämen diese schwarzen Gedanken, die er anscheinend hatte, nicht so stark hervor.

Die Sonnenstrahlen hatten ihren Stuhl erreicht, und sie schloss die Augen für einen Moment und genoss die Ruhe, die durch die Wärme in ihren Körper strömte. Trotz der Sorgen, die sie sich um ihren Mann machte, musste sie dringend abschalten, um neue Energie zu gewinnen. Ruckartig fuhr sie in ihrem Stuhl hoch. Die kurze gedankliche Auszeit hatte ihr die Lösung gebracht. Es lag an Heinz' Gewichtszunahme. Das war der Schlüssel, der ins Schloss passte. Sie musste ihn nur animieren, weniger zu essen und vor allem sich mehr zu bewegen. Dann würde alles wieder gut werden. Sie nahm sich vor, von jetzt an mit ihm spazieren zu gehen. Dafür würde sie heute gleich die Gunst der Stunde, des freien Vormittages, nutzen. Es fühlte sich an, als wäre eine tonnenschwere Last von ihren Schultern gefallen. Endlich. Die Lösung lag auf der Hand, schon die ganze Zeit.

Uschi stapfte zum Bett und rüttelte an Heinz, der die Bettdecke über seinen Kopf gezogen hatte. »Steh auf, komm.«

Er rührte sich nicht.

Sie zog die Decke von seinem Kopf. Eine Geruchsmischung aus Alkohol und Schweiß kroch in ihre Nase. Sein Mund war leicht geöffnet, und einige Speicheltropfen krochen aus dem Mundwinkel, die sich in Fäden verwandelten und schlussendlich auf dem Kopfkissen versiegten. Gänsehaut lief ihr über den Körper. Sie rüttelte ein wenig fester an ihm. »Steh endlich auf. Komm. Gehen wir frühstücken.«

Es kamen Worte aus seinem Mund, allerdings so verwaschen, dass sie keines davon verstand. Heinz streckte seinen Arm aus, vermutlich um sie von ihm wegzudrängen, doch er erwischte sie nicht. Es lag wohl daran, dass seine Augen noch geschlossen waren. Wieder undeutliche Worte, die so etwas wie »Geh weg« bedeuten mochten. Das Gemurmel verstummte sogleich, doch die Hand blieb ausgestreckt in der Höhe. Nur aufgrund der leisen Schnarchgeräusche konnte Uschi erkennen, dass Heinz schon wieder in den Schlaf gefallen war. Sie musste lachen bei diesem Anblick. Sein Körper lag leicht verdreht da, seine linke Hand in der Höhe, die nun langsam begann, sich nach unten zu neigen. Keine Minute später schlug die Hand auf Heinz' Bauch auf, und er schreckte hoch. Er sah sie mit großen Augen an. »Hast du mich geschlagen? Ist das dein Ernst?«, fauchte er sie an. Seine Haare standen in allen Himmelsrichtungen von seinem Kopf ab, die Augen waren dunkel umrahmt und gerötet. Eine tiefe Falte durchzog seine rechte Gesichtshälfte.

»Ich hab dich nicht geschlagen. Das warst du selber.« Uschi hob abwehrend ihre Hände.

Er fasste sich sofort an seine Schläfen. »Bitte schrei doch nicht so.«

Uschi schlug sich auf den Mund, um nicht laut

loszulachen.

Doch er hatte es bereits gesehen und kniff die Augen zusammen. »Warum lachst du? Ich bin krank. Lass mich in Ruhe.«

»Du bist nicht krank. Du warst gestern betrunken. Komm, aufstehen jetzt. Geh unter die Dusche, und dann trinkst du einen schwarzen Kaffee, dann kommen deine Lebensgeister schon wieder zurück. Wer saufen kann, der kann auch in der Früh aufstehen, sagte meine Oma immer.«

»Das ist falsch«, sagte Heinz und hob mahnend seinen Zeigefinger in die Höhe. »Wer saufen kann, der kann auch arbeiten gehen. So lautet das Sprichwort. Aber wir sind hier im Urlaub und nicht auf Arbeit, also lass mich in Ruhe.« Er legte sich auf die rechte Seite und zog sich die Bettdecke über den Kopf.

»Komm schon. Spring schnell unter die Dusche, dann fühlst du dich gleich besser.« Sie sprach mit Heinz' Haaren, denn die waren das Einzige, was sie von ihm noch sehen konnte. »Du darfst auch einen Kuchen essen, versprochen.« Uschi wusste, dies war derzeit die einzige Möglichkeit, ihn aus dem Bett zu locken. Dadurch, dass sie ihn nach dem Frühstück zu einem Spaziergang am Meer überreden würde, konnte sich dieses Stückchen nicht an seiner Hüfte festkrallen und sich somit auch nicht in gefährlichen Bauchspeck verwandeln.

Und tatsächlich, die Bettdecke rutschte ein Stückchen tiefer, und er schaute sie fragend an. »Jeden Kuchen?«

Sie lächelte ihn an und nickte.

Es dauerte eine gefühlte Ewigkeit, bis Heinz sich aus dem Bett gekämpft und unter die Dusche gequält hatte, doch eine halbe Stunde später saßen die beiden im Frühstücksraum des Hotels. Der Kaffee dampfte in der Tasse, und Heinz durfte sich den Kuchen selbst aussuchen, als sie am Büfett standen. Natürlich nahm er sich den Schokoladenkuchen mit Schokoglasur. *Zumindest ist es dunkle Schoko,* dachte sie sich, als sie argwöhnisch auf seinen Teller schaute und er den Kuchen in Windeseile, wie ein hungriges Tier, hinunterschlang.

»Du hattest recht. Das Duschen hat geholfen. Meine Kopfschmerzen sind schon fast weg. Aber einen Hunger habe ich ...« Er streichelte über seinen Bauch. »... wie ein Bär. Ich könnte eine ganze Wildsau essen, mit einem Sack Kartoffeln dazu.«

Uschi nickte nur und hoffte inständig, dass das Büfett weder die Wildsau noch den Sack Kartoffeln zum Frühstück anbot.

Heinz stand auf und schaute sich bei den Speisen um. Er wollte gerade ein weißes Brötchen aus dem Korb nehmen, da drehte er sich zu ihr um. Als sie den Kopf schüttelte, zog er ein dunkles heraus.

Momente später gesellte sie sich zu ihm. Auf seinem Teller lagen ein Vollkornbrötchen und zwei Spiegeleier. »Nein, nicht die vom Schwein«, sagte Uschi, als Heinz am Wurstbüfett stand und mit der Gabel bereits eine Scheibe aufspießte. Sie zeigte auf den Stapel nebenan. »Nimm lieber die von der Pute. Die ist besser für dich.«

Er grummelte unverständliche Worte, doch tat er wie ihm geheißen. Zu der Wurst gesellten sich noch zwei Scheiben Käse und ebenfalls zwei Gurkenscheiben, die Uschi ihm auf den Teller legte.

Keine zehn Minuten später hatten die beiden den Frühstückssaal verlassen. Die Gurkenscheiben hatten es nicht geschafft, verspeist zu werden, dafür der Rest auf Heinz' Teller. Sie schritten die Promenade von Maspalomas entlang, und Uschi sog die salzige Meeresluft ein. Die Sonne strahlte vom Himmel, und die leichte Meeresbrise machte die beginnende Wärme erträglicher.

Nach nur fünf Minuten auf dem gepflasterten Weg Richtung Leuchtturm schnaufte Heinz schon. »Wie weit willst du noch gehen? Es ist so heiß.«

Uschi erblickte die ersten Schweißperlen auf seiner Stirn. Der Kuchen hatte ihm anscheinend doch nicht gutgetan.

»Nur noch ein Stück. Ich möchte ein wenig im Sand gehen. Du doch auch, oder?« Ohne auf seine Antwort zu warten, erhöhte sie das Tempo. Die Promenade endete, und ein mit Pfählen abgesteckter Weg durch die Dünen begann. Das Ächzen und Stöhnen, das ihr Göttergatte im Hintergrund von sich gab, störte sie in keiner Weise. Zügig kam sie voran, und schon bald hatten die beiden Maspalomas erreicht und gingen wieder auf dem befestigten Weg.

Sie schritt die drei Stufen hinauf und am Leuchtturm vorbei. Dort sah sie der Welle zu, die gerade an dem Betonsteg brach. Mit lautem Rauschen zischte die nächste heran und verspritzte ihren salzigen Inhalt auf einen Angler, der dort in aller Seelenruhe saß. Nur wenige Menschen waren unterwegs, die meisten Touristen waren vermutlich noch in den Speisesälen der unzähligen Hotels und würden erst später an den Strand kommen. Uschi genoss die Ruhe, sog die salzgeschwängerte Luft ein und blieb stehen. Sie drehte sich um zu Heinz. Doch dieser war nicht hinter ihr, so wie sie es vermutet hatte. *Hat er sich verlaufen? Aber das gibt es doch nicht! Er war doch direkt hinter mir.* Einige Meter von ihr entfernt, kurz vor dem Leuchtturm, sah sie ihn, wie er sich auf das Geländer stützte und sich die Sandfiguren ansah, die der junge Mann mit den Dreadlocks erschaffen hatte. Ein Sofa, gebaut aus Sand. Darauf zu sehen waren die Simpsons. Sie sahen wirklich täuschend echt aus, wie in der Serie, die im Fernsehen tagtäglich über den Bildschirm flackerte.

»Wahnsinn«, sagte Uschi nach Momenten des Schweigens. »Das muss man erst mal können.«

»Pssssst.« Heinz legte mahnend seinen Zeigefinger auf den Mund und zeigte im Anschluss auf einen Mann, der gerade dabei war, ein neues Kunstwerk zu schaffen. In mühevoller Kleinarbeit und nur von Hand modellierte dieser an einer Skulptur, die Gran Canaria als Insel darstellen sollte. Zumindest ließ sich das schon teilweise erkennen.

Erst Minuten später konnte sich Heinz von diesem Schauspiel lösen. Minuten, in denen es nur das Meeresrauschen, das Krächzen der Möwen und diesen Künstler gegeben hatte.

»Wollen wir ans Meer hinuntergehen?«, fragte Uschi. Doch eigentlich war es nicht als Frage gemeint, denn sie trat die wenigen Stufen hinab und ging über die Bretter, die auf den Sand gelegt worden waren. Heinz schob seine Hand in ihre, und so schlenderten sie einige Schritte am Strand entlang. Uschi zog ihre Schuhe aus und ließ das Meer über ihre Füße rinnen. Der Sand fühlte sich angenehm weich an. Sie spazierten händchenhaltend vor sich hin und schwiegen. Ein Stück weiter ließ sich Uschi ein wenig abseits des Meeres in den Sand fallen.

»Was machst du denn?«, fragte Heinz.

»Ach, lass uns das doch genießen. Es ist herrlich hier. Ein wenig die Sonne auf den Bauch scheinen lassen.«

»Du kannst dir die Sonne nicht auf den Bauch scheinen lassen, du hast doch eine Bluse darüber.«

Uschi schnaufte verächtlich, schloss aber ihre Augen.

»Und was soll ich machen in der Zwischenzeit?« Heinz klang etwas genervt. Dabei wollte er doch schon tagelang an den Strand gehen. Jetzt war er hier, und nun passte es ihm auch wieder nicht. Typisch Mann halt.

»Da vorne«, sagte Uschi und zeigte zum Anfang der Dünen, »ist der Nudistenstrand. Also kannst du dich nackig machen und ins Wasser springen. Das wolltest du doch.«

»Was? Vor allen Leuten soll ich mich ausziehen? Wieso sagst du das nicht vorher, dann hätte ich wenigstens eine Badehose angezogen.«

»Okay, Heinz«, murmelte sie nur, denn sie hatte keine Lust auf eine Diskussion. *Einfach nur hier liegen und ein wenig genießen,* waren die letzten Gedanken, die ihr durch den Kopf schossen, bevor sie sanft entschlummerte.

22

Donnerstag, Tag 6

*K*lar, dachte er sich. *Uschi hat echt einen an der Klatsche. Nackig machen vor allen Leuten hier. Und dann? Was mache ich dann, wenn ich wieder aus dem Wasser zurück bin? Kein Handtuch, keine Badehose. Nur eine Frau, die im Sand liegt und eingeschlafen ist.* Wieder schaute er auf die Wellen, die auf den Strand zurauschten.

Toll wäre es natürlich schon, sich in die Fluten zu werfen. Heiß genug war es dafür ja. Und so kalt wie der Hotelpool war das Meer nicht. Zumindest kam es ihm nicht so vor, als er seine Hand ins Wasser steckte. Er grübelte und drehte sich mehrmals zu Uschi um, die noch immer bewegungslos im Sand lag. Er ging einige Schritte den Dünen entgegen und entledigte sich seiner Hose. Doch beim Anblick seiner Boxershorts war er sich sicher, dass er so nicht ins Wasser gehen könnte. Wer weiß? Vielleicht wollte Uschi direkt nach dem Strandbesuch zum Treffpunkt für den Ausflug gehen, und er hätte keine Zeit mehr, sich umzuziehen. Den ganzen Tag mit nasser Unterwäsche wollte er auf keinen Fall herumrennen. Er ließ seinen Blick schweifen. Einige Kneipen und Restaurants, an denen sie vorbeigegangen waren, kamen ihm in den Sinn. Natürlich!

Schnurstracks bewegte er sich in Richtung Leuchtturm zurück. Der Weg dorthin war beschwerlicher, da er quer über den Strand lief und somit den losen Sand durchwaten musste. Er keuchte, und seine Füße brannten wie Feuer, als er endlich die Holzdielen erreichte. Er ging durch eine kleine Gasse zwischen den Kneipen hindurch, und tatsächlich, das Objekt seiner Begierde hing direkt vor seinen Augen.

Schnell stöberte er in dem Laden, der außer des begehrten Handtuches auch Badebekleidung führte. Er probierte eine Badehose an, die er auch gleich anließ, bezahlte die beiden Sachen und machte sich umgehend auf den Rückweg. Klar, die Badehose zwickte etwas im Schritt, aber größere hatte es nicht gegeben, und manchmal musste man eben nehmen, was man kriegen konnte.

Der Rückweg zu seiner Frau gestaltete sich schmerzvoll. Denn Heinz hatte sich die Sandalen ausgezogen, da diese sich ständig mit Sand gefüllt hatten. Er trat auf einen kleinen, spitzen Stein, der gut unter dem Sand verborgen war. Ein paar Sekunden lang brannte es, dann ließ der Schmerz langsam nach. Innerlich verfluchte er Uschi, da er heute in der Früh seine Socken nicht gefunden hatte – vermutlich waren die einfach zu gut versteckt –, und deswegen der Sand ständig zwischen seine Zehen kroch. Als seine Füße im kühlen Nass waren, war dieses kleine Missgeschick wieder vergessen. Suchend blickte er sich am Strand um. Hatte hier nicht Minuten zuvor noch Uschi gelegen und geschlafen? Er kratzte sich am Kopf.

»Uschi?«, sagte er mit lauter Stimme, doch es kam keine Antwort. Vielleicht hatte er sich mit der Stelle vertan, und es war doch weiter oben am Anfang der Dünenlandschaft. Endlich sah er sie einige Meter von ihm entfernt stehen. Ihre Haare waren leicht zerzaust, und der Sand haftete an ihrer Kleidung. Sie hatte ihm den Rücken zugedreht und hielt ihre rechte Hand wie einen Schirm über ihr Gesicht. Heinz schritt auf sie zu.

23

Donnerstag, Tag 6

Uschi blinzelte. Die Sonne schien ihr direkt ins Gesicht und brannte auf ihrer Haut. Ihre Handflächen schwitzten und waren mit Sand bedeckt. Sie stemmte sich hoch, öffnete ihre Augen und schaute sich um. Auf den ersten Blick konnte sie Heinz nicht entdecken, auch nicht auf den zweiten. Somit stand sie auf, wischte sich den Sand von ihrer Kleidung und blickte aufs Meer. Doch sie sah nur eine Frau mit langen blonden Haaren, die im Wasser schwamm.

Ihr Blick wanderte über den Sand, und tatsächlich, einige Meter von ihr entfernt lag eine Hose. Genau so eine braune, wie Heinz sie heute trug. Braun stand ihm besonders gut, fand Uschi.

Heinz musste also wirklich ins Meer gegangen sein. Sie legte ihre Hand wie einen Schirm auf ihre Stirn, um ihre Augen vor der blendenden Sonne zu schützen. Wieder glitt ihr Blick über das Wasser. Nur diese Frau, sonst erkannte sie keinen Kopf, der aus dem Meer ragte. Sie spürte die Panik in sich aufsteigen. *Was wäre, wenn …*

»Heinz«, rief sie, und schon Sekunden später schrie sie seinen Namen nochmals.

Sie lugte wieder zu der Hose, die einsam und verlassen im Sand lag. Es war seine. Ganz sicher. *Nie im Leben würde ich es mir verzeihen, wenn ihm etwas zugestoßen ist. Es wäre meine Schuld. MEINE SCHULD,* donnerte es in ihrem Kopf.

Sie rannte näher ans Wasser, um ihn vielleicht doch zu entdecken. Vielleicht war er zu weit rausgeschwommen? Ihr Herz hämmerte in der Brust, und fast schon sprengte es ihren Brustkorb mit den harten Schlägen. Heiß und kalt wogte es in ihr, es war wie eine Kneippkur, nur bei Weitem nicht so entspannend.

Nochmals rief sie seinen Namen. Laut, viel lauter als zuvor. Tränen rannen über ihre Wangen. Ihre Knie fühlten sich auf einmal ganz weich an.

»Was schreist du denn so?«, sagte Heinz, der urplötzlich hinter ihr stand.

Im ersten Moment wollte sie ihn umarmen, doch dann sah sie es. Das Handtuch, noch verziert mit dem Preisschild, hing lässig über seiner rechten Schulter. Die Badehose, die er trug, war neu. Er hatte sie tatsächlich absichtlich allein gelassen. »Hast du einen Vogel?«, schrie sie ihn an. Die Verzweiflung machte Platz für die Wut, die sich blitzartig in ihr angestaut hatte. Sie konnte diese Dreistigkeit ihres Mannes kaum fassen.

»Was hast du denn? Was regst du dich denn schon wieder so auf?« Heinz ließ das Handtuch auf den Boden fallen und schritt auf das Meer zu.

»Was tust du?«, zischte sie.

»Ich gehe schwimmen? Hast du ja gesagt, dass ich kann. Also, wenn du nichts dagegen hast, würde ich nun ausführen, was die gnädige Frau mir erlaubt hat.«

Uschi rang um ihre nächsten Worte. Noch Momente zuvor hätte sie alles dafür gegeben, ihren geliebten Ehemann wieder in ihre Arme schließen zu können. Doch jetzt wollten ihre Finger eher seine Luftröhre verschließen.

»Es reicht, Heinz.« Sie verschränkte ihre Arme, und er sah sie an, als wüsste er nicht, was genau er falsch gemacht hatte.

»Hallo? Was bist du denn heute wieder so zickig? Du wolltest ans Meer. Hier sind wir. Du hast gesagt, ich kann schwimmen gehen, wenn ich möchte. Ja, ich möchte. Wo ist dein Problem? Willst du einen Streit heraufbeschwören?«

»Ich?«, sagte Uschi und tippte sich auf ihren Brustkorb. »Du spinnst ja komplett. Du hast mir einen Riesen-Schrecken eingejagt und spielst jetzt noch das Unschuldslamm.«

»Jaja. Ich geh schwimmen und mir die Fische in echt ansehen, die wir ja nachher dann im Aquarium hinter dickem Glas sehen werden. Du kannst ja gerne mitkommen, und ich teile mit dir mein Handtuch. Das kühle Wasser wird dir guttun, dann bist du nicht mehr so … erhitzt.« Er grinste, während er mit seinen Fingern Gänsefüßchen in die Luft malte.

Uschi musste sich zurücknehmen. Das war genau einer dieser seltenen Momente in ihrer Ehe, in dem sie ihrem Heinz gerne eine geknallt hätte. Stattdessen ballte sie ihre Fäuste. Schweigend sah sie zu, wie Heinz ins Meer watete und schlussendlich unter einer Welle abtauchte.

24

Freitag, Tag 7

Es war bereits der nächste Morgen, als Heinz seine Augen öffnete. Draußen war es noch stockdunkel. Leise Atemgeräusche drangen an sein Ohr. Uschi schlief also noch. Er drehte sich zur Seite und suchte seine Armbanduhr. 6:14 Uhr. Er ließ seinen Kopf auf das Kissen sinken, schloss die Augen, doch schon kurz darauf schaute er wieder auf die Uhr. Die Anzeige zeigte 6:17 Uhr an. Er seufzte leise. *Wieso kann ich denn nicht mehr schlafen?,* fragte er sich. *Müde genug wäre ich noch.* Er kniff seine Augen zusammen und dachte an den Ausflug gestern.

Uschi war sehr ruhig gewesen. Sie hatte weder mit ihm noch mit den anderen mehr als zehn Wörter gewechselt. Es war Heinz fast schon unheimlich, dass sie so still gewesen war.

Was ihn aber richtig zum Nachdenken brachte, war ihre Reaktion abends, bei der *Noche de Tapas,* die in Las Palmas, der Hauptstadt von Gran Canaria, stattgefunden hatte.

Bisher hatte sie ihm immer alles mögliche Gesunde auf den Teller gepackt. Aber gestern … gestern war es anders. Er durfte tatsächlich selbst aussuchen, was er essen wollte, und auch als er sich zuerst der Crema Catalana annahm, gefolgt von dem Bananenkuchen, und als Abschluss sich noch ein Stückchen von dem Mandelkuchen gönnte, sagte sie nichts zu ihm. Nicht mal böse geschaut hatte sie. *Was ist bloß los mit Uschi?*

Er grübelte, wann es angefangen hatte, dass sie so verändert war. Ansonsten nörgelte sie ja ständig an ihm herum, aber gestern ...

Nach einigen Minuten und endlosem Revue-passieren-Lassen des gestrigen Tages war er sich sicher, nichts falsch gemacht zu haben. Sie würde vermutlich wieder ihre Tage haben, so wie es Frauen eben einmal im Monat hatten. Das hatte grundsätzlich nichts mit ihm zu tun, somit beschloss er, einfach abzuwarten, bis diese Unpässlichkeit wieder vergangen war.

Sein Magen begann zu rumoren. Es war Zeit für etwas Essbares, das den hungrigen Tiger wieder milde stimmte. Die verschiedenen Tapas gestern waren zwar gut gewesen, aber etwas Vernünftiges wie ein Schnitzel war es halt nicht.

Langsam ließ er seinen Kopf in die Mitte des Bettes gleiten. Uschis Atem ging langsam und gleichmäßig. Das bedeutete, dass sie anscheinend noch immer sehr tief schlief. *Wann macht eigentlich das Frühstücksbüfett auf?* Diese Frage beschäftigte ihn nicht lange, denn er würde es einfach selbst herausfinden. Langsam, ganz langsam, schlich er sich aus dem Bett. Er bemühte sich, keine hastigen Bewegungen zu machen.

Wie erstarrt blieb er stehen, als ihn die Erkenntnis traf, dass er sich auf keinen Fall im Zimmer anziehen konnte. Bei seinem Glück würde vielleicht etwas aus seiner Hosentasche auf den Boden knallen, oder schlimmer noch, die Nachttischlampe könnte sich in den Freitod stürzen und würde damit einen Urknall auslösen.

Er beschloss, sich auf dem Flur anzuziehen. Somit schnappte er sich seine kurze Hose und die Sandalen, ohne Socken natürlich, und verschwand aus der Tür. Erst als die Tür hinter ihm leise ins Schloss fiel, bemerkte er, dass er nicht mal einen Zimmerschlüssel dabeihatte. Schnell schlüpfte er in seine Sachen. Wie gut, dass er zum Schlafen immer ein normales T-Shirt trug, somit würde das keinem auffallen.

Die Hoffnung auf Kaffee, Kuchen und sonstige Leckereien trieb ihn schnurstracks die Treppe hinunter. In der großen Lobby bog er nach rechts anstatt nach links ab, denn bevor etwas in den Magen hineinkam, musste erst einmal Platz geschaffen werden für Neues.

Nachdem er Minuten später sein Geschäft verrichtet hatte, wusch er sich die Hände und blickte zum ersten Mal am heutigen Tag in den Spiegel. Seine Haare standen kreuz und quer von seinem Kopf ab. Er sah tatsächlich so aus, als wäre er aus dem Bett geflüchtet. Was ja eigentlich genau so gewesen war. Heinz grinste, fuhr sich mit nassen Fingern durch sein Haar und zupfte es ein wenig zurecht. Nachdem manche Strähnen nicht so wollten, wie er es wollte, ließ er diese einfach wie Antennen von seinem Kopf stehen. *Werden sich schon irgendwann von allein legen,* dachte er sich und durchschritt das Foyer in Richtung der geöffneten Tür des Frühstücksraumes.

Der Duft von Kuchen schlug ihm schon entgegen, und der Sabber lief ihm im Mund zusammen. Sogar die Brötchen waren noch warm. *Wie herrlich. So muss das Schlaraffenland sein.*

Er war der einzige Gast. Das lag vermutlich daran, dass es erst kurz nach halb sieben war. Er lud sich als Erstes verschiedene Kuchenstücke auf den Teller, und noch während er sich das nächste aussuchte, kostete er von dem gerade erwählten Stück.

Sein Gaumen explodierte fast bei der unterschiedlichen Süße, die ein Glücksgefühl nach dem anderen in ihm auslöste. *Oh ja, morgen stehe ich auch so früh auf, das ist fix!*

Er setzte sich an einen Tisch und genoss die Ruhe und vor allem sein leckeres Frühstück. Nach dem dritten Teller voll mit Kuchen und sonstigem Süßkram war er pappsatt und rundum mit sich zufrieden. Er lehnte sich auf dem Stuhl zurück und trank einen Schluck von dem köstlichen starken Kaffee. Ansonsten durfte er ja nur den koffeinfreien trinken, bis auf seltene Ausnahmen. Gerade als er einen weiteren Schluck nahm, hörte er Uschis Stimme in seinem

Kopf: *»Denk an dein Herz. Der Arzt hat gesagt ...«*
Jaja, der Arzt hatte dies gesagt, der Arzt hatte jenes gesagt. Wenn es nach dem ginge, dann hätte er bald gar keine Freude mehr am Leben. Nein, nein. Das würde er sicher nicht machen.

Gerade als er aufstehen wollte, sah er Uschi den Raum betreten. Sie sah ... na ja ... wie sollte man das beschreiben, was er da erblickte?

25

Freitag, Tag 7

Uschi konnte es nicht fassen. Heinz hatte sich tatsächlich aus dem Zimmer geschlichen. Nach dem Schrecken gestern am Strand, als er sie einfach allein gelassen hatte, dann abends die Eskalation beim Essen. Nein, eigentlich hatte es mehr einer Fressorgie als einem Essen geähnelt. Und nun das. Jetzt aß er mit Sicherheit wieder diesen Süßkram, der weder ihm noch seinem Körper guttat. Wieso konnte dieser Mann einfach nicht verstehen, dass sie doch nur das Beste für ihn wollte?

Sie hatte die letzte Stufe erreicht, betrat das Foyer und bog nach links ab, direkt in den Frühstücksraum. Sie sah ihn sitzen, allein an einem Tisch, wie er seinen Bauch hielt, wie es sonst nur Schwangere taten.

Auf seiner Wange prangte anklagend ein brauner Fleck, der eindeutig von Schokolade stammte, und die Krümel auf seinem Teller verrieten ihr, dass es sich tatsächlich um mehrere Stücke verschiedener Kuchensorten gehandelt haben musste. Sie spürte wieder, wie diese Wut, die sich gestern bereits angestaut hatte, in ihr zu neuem Leben erwachte, und die Flammen, die vorher nur eine Glut waren, legten schon weite Teile ihres Körpers wie ein Waldbrand in Schutt und Asche.

Heinz schmunzelte zufrieden, als er sie sah. »Guten Morgen, Mausi. Hast du gut geschlafen? Ich wollte dich nicht wecken.«

Uschi ballte ihre Hände zu Fäusten und zählte in Gedanken. Allerdings kam sie nicht, wie von ihr ursprünglich geplant, bis zehn, sondern bei der Zahl Fünf platzte es aus ihr heraus: »Sag mal! Wie viele Teller hast du davon gegessen? Spinnst du?« Sie schnüffelte an seinem Kaffee. »Und das ist ja die Oberhärte. Das ist starker Kaffee. Ich schwöre dir, ich könnte dich erwürgen. Du machst den ganzen Diätplan kaputt mit deinen Eskapaden. Und erst dein hoher Blutdruck wird seine Freude mit dem Koffein haben, das du dir da so reinschüttest.«

»Aber, Mausi-Mausi. Jetzt reg dich doch nicht so auf. Setz dich doch einfach hin, sag mir, was ich dir bringen soll, und beruhige dich.«

Uschi schnaufte. Es machte keinen Sinn, mit ihm darüber zu streiten, er hörte ja sowieso nicht zu. Somit setzte sie sich und gab bei ihm ihre Bestellung auf.

»Gnädigste?«, sagte Heinz kurze Zeit später, verbeugte sich leicht vor ihr und schob ihr den Teller hin. »Darf ich Ihnen Ihr Essen kredenzen?«

Uschi musste lachen. Er schaffte es tatsächlich immer wieder, sie zum Lachen zu bringen. Das war auch einer der Gründe, warum sie ihn geheiratet hatte.

»Schön! Ihr seid ja auch so früh schon wach.« Es war die Stimme von Cornelia, die aus dem Hintergrund auftauchte. Ihr Mann Peter schlurfte hinter ihr her und setzte sich ohne zu fragen an ihren Tisch.

Uschi lugte mit verstohlenem Blick zu Peter. Heute sah er deutlich besser aus als noch die Tage zuvor. Sie hoffte, dass dieser erste Eindruck nicht trügen würde.

Cornelia hatte sich schon auf das Büfett gestürzt und kehrte Minuten später zum Tisch zurück. Sie stopfte sich ein Stück Käse in den Mund und sprach: »Heute machen Peter und ich einen Ausflug. Wir wollen uns die Salinen ansehen. Nicht wahr, Peter?«

Uschi stutzte kurz. »Wir auch. Fahrt ihr auch mit Eva von Cita-Reisen?«

»Ja, Eva und Frank kennen wir schon so lange. Wir fahren jedes Jahr, wenn wir hier sind, mit dem Reisebus mit. Ich mag Eva besonders gern. Sie ist so eine ruhige Person, und was sie alles über die Insel erzählen kann.« Cornelia schaute verträumt mit einem leichten Lächeln. »Das wird heute ein besonderer Ausflug, wenn ihr auch dabei seid. Da freuen wir uns, nicht wahr, Peter?«

Uschi schaute zu Peter, der wahrhaftig fleißig nickte. Sogar seine Mundwinkel zogen sich nach oben.

»Das ist wunderbar

Heinz hatte das Gespräch der beiden mit den Augen wie ein Tennisspiel verfolgt, allerdings bisher kein Wort dazu gesagt. Als ihn Uschi direkt in die Augen sah, räusperte er sich kurz und stammelte ein »Super« hervor.

26

Freitag, Tag 7

Heinz hatte notgedrungen, auf Anweisung seiner Frau, neben Peter Platz nehmen müssen. Gleich darauf startete der Bus. Die Reiseleiterin Eva begrüßte ihre Gäste. »Ich wünsche euch allen einen wundervollen Guten Morgen. Wir sind nun vollzählig. Unser erster Stopp ist in Arinaga, in der ältesten Saline der Insel. Was ihr dort zu sehen bekommt, erzähle ich euch ein wenig später.«

Heinz beugte sich leicht nach vorne und tuschelte zu Peter: »Vermutlich werden wir dort Salz sehen. Klingt aufregend, oder?« Dem Lächeln, das Peter auf seinen Lippen hatte, entnahm er, dass seine Worte nicht so sarkastisch bei Peter angekommen waren, wie Heinz sie gemeint hatte.

»Salz wurde damals gebraucht, um den Fisch, den die Fischer gefangen hatten, haltbar zu machen«, sagte Peter. »Es ist ein sehr wichtiges Naturgut. Eva sagt, dass das Salz glitzert wie Diamanten.«

Aha, dachte Heinz, und Peter sprach weiter.

»Ich freue mich am meisten auf den Kaffee, den wir auf der Kaffeeplantage im Barranco von

Agaete bekommen. Der ist wirklich einmalig. Magst du Kaffee?«

Heinz nickte nur. So sehr, wie er sich heute über das Lächeln von Eva gefreut hatte, die ihn wie einen alten Freund begrüßte, so sehr hasste er diesen Ausflug jetzt schon. Er starrte aus dem Fenster und beobachtete das Meer, das fast direkt neben der Autobahn lag. Manchmal preschten die Wellen mit enormer Kraft an den Strand oder zerschellten an einem der Felsen, die aus dem Wasser ragten. Warum hatte eigentlich Österreich nicht so ein schönes Naturschauspiel zu bieten? Warum lebte er nicht schon längst in einem Land, wo es ein Meer gab? Wo es ganzjährig warm war? Und vor allem, wo es keinen Schnee und diese nasse Kälte gab. Diese Fragen beschäftigten ihn noch lange.

Einige Zeit später hatten sie die Salinen besichtigt. Heinz war eher seiner Frau hinterhergetrottet. Interessiert hatte ihn das Salz nicht, obwohl Eva alles wunderbar erklärte. Einzig und allein das Lehmhaus, in das das Salz zum Trocknen gebracht wurde, hatte kurz seine Aufmerksamkeit auf sich gezogen. Der Geruch, der dort in seine Nase kroch, diese salzige, feuchte Mischung, und der riesige weiße Haufen lenkten ihn von seinen Gedanken ab. Aber sobald alle wieder im Reisebus saßen, waren die Gedanken wieder da. Das Meer hatte auf ihn eine ganz eigene Anziehungskraft. Und bisher war er tatsächlich erst einmal darin schwimmen gewesen. Morgen war Gott sei Dank endlich Samstag. Die Chancen standen gut, dass Uschi und er morgen einen Relaxtag machten und den ganzen Tag am Strand genießen würden.

Endlich waren sie am letzten Ziel des heutigen Tages angekommen, der Kaffeeplantage. In gemütlicher Runde saßen alle nach der Besichtigung zusammen und verkosteten die Speisen, die man ihnen auf den Tisch gestellt hatte. Das Wetter hier im Inneren von Gran Canaria war bescheiden. Vor die Sonne hatten sich zahlreiche Wolken geschoben, und ein kalter Windstoß fuhr ihm in die Glieder. *Hätte Uschi doch die langen Unterhosen einpacken sollen. Ich wusste doch, dass ich die noch brauchen würde. Aber nein. Die gnädige Frau lässt mich einfach erfrieren.* Er schaute Uschi mit einem bösen Blick an, doch diese sah ihn nicht, da sie in ein Gespräch mit Eva versunken war.

»Da, probier doch mal«, sagte Cornelia und hielt ihm zuerst ein Stück Weißbrot und dann eine Schale mit einer braunen geleeartigen Masse entgegen. Heinz griff gierig nach dem Brot, schließlich hatte er beim heutigen Mittagessen nichts gefunden, was ihm geschmeckt hatte, und schnupperte dann an dem eigenartigen Zeug. Sofort stieg ein eindeutiger Kaffeeduft empor.

»Das ist Kaffeemarmelade«, erklärte Cornelia, nachdem sie sah, wie er zögerte.

Er tauchte ein minikleines Stück ein und kostete. Mittlerweile war er doch sehr vorsichtig mit solchen Experimenten. Zu seiner Verwunderung schmeckte ihm das. Es war zwar sehr süß, aber der Kaffeegeschmack entfaltete sich augenblicklich in seinem Mund. Somit löffelte er die Schale leer, ohne das Brot mit einzubeziehen.

Plötzlich, vermutlich durch sein Geklimper mit dem Löffel, drehte sich Uschi zu ihm um. »Heinz? Reicht es nicht, dass du den Kaffee getrunken hast um diese Zeit? Musst du nun auch noch naschen?« Ein gefährlicher Unterton schwang in ihrer Stimme mit und ließ ihn mit dem Löffel im Mund erstarren.

Er stellte die leere Schale ab und nahm den Löffel aus dem Mund. »Es ist doch zum Verkosten. Du willst doch immer, dass ich alles probiere.« Am liebsten hätte er sich selbst auf die Schulter geklopft für diesen genialen Einfall.

Ihre Augen funkelten böse. Seine Antwort war vielleicht doch nicht das, was sie hören wollte. »Damals vor vierzig Jahren, als wir geheiratet haben, warst du noch rank und schlank. Vor allem gesund. Schau doch ein wenig auf dich.«

»Vierzig Jahre. Ist eine lange Zeit, nicht wahr? Mir kommt es vor, als wäre unsere Hochzeit gestern gewesen.«

»Ja, mir auch. Du hast so fesch ausgesehen in deinem Anzug. Gut, die Haare hättest du dir richten können, und ein wenig Schminke im Gesicht hätte dir auch gutgetan. Du warst so blass an diesem Tag.« Sie drehte die Augen nach oben, und ein glückseliges Lächeln war auf ihren Lippen zu sehen.

»Wundert mich nicht. Es war ja am Abend zuvor Junggesellenabschied.«

»Nein, das ist so nicht richtig. Du hast gefeiert. Ich habe zu Hause mit dem Essen auf dich gewartet. Hochschwanger.«

»Ich weiß nicht, ob ich *gefeiert* dazu sagen würde.«

Sie stemmte ihre Hände in die Hüften und kam mit ihrem Gesicht näher an seines, was sein Herz schneller schlagen ließ. »Du hast sehr wohl gefeiert, denn du bist sturzbetrunken nach Hause gekommen. Und falls sich deine grauen Gehirnzellen nicht mehr erinnern: *Du* wolltest mich heiraten. Schließlich hast du mir einen Antrag gemacht.«

»Ja, weil dein Vater mir seine Waffe gezeigt hat, nachdem er erfahren hat, dass du schwanger bist.«

Ein »Pah« entfuhr ihrem Mund. »Willst du mir jetzt weismachen, du hast mich nur geheiratet, weil mein Vater eine Waffe hat?«

Er schwieg einen Moment, schaute sie an, und dann legte sich ein gekünsteltes Lächeln auf seine Lippen. Er sprach genau nach, was das Engelchen ihm ins Ohr flüsterte: »Nein, Mausi-Mausi. Natürlich nicht. Geheiratet habe ich dich natürlich aus Liebe.«

Sofort entspannten sich ihre Gesichtszüge wieder. »Ach, du bist ein alter Charmeur. Ich liebe dich doch auch, mein Schnuckiputzi.«

»Ihr zwei seid so ein süßes Paar. Mein Peter

und ich sind schon fast sechzig Jahre verheiratet. Nicht wahr, Peter?« Cornelia legte ihre Hand auf Peters und schmunzelte. »Und jedes Jahr zu meinem Geburtstag bekomme ich einen Strauß rote Rosen. Immer genau die Anzahl meiner Geburtsjahre.«

»Siehst du?«, sagte Uschi. »Das ist romantisch. Du schenkst mir nie Rosen.«

»Was soll das wieder heißen?«, erwiderte Heinz. »Ich schenke dir nie Rosen? Ich bringe dir sehr oft Blumen mit.«

Wieder entfuhr ihr ein »Pah«. Dann sagte sie: »Ach so? Und wann genau war das? Ich kann mich nicht mehr daran erinnern.«

»An deinem Geburtstag.« Ein süffisantes, wissendes Lächeln zog sich über seinen Mund.

»Ah, du meinst den Geburtstag vor wenigen Jahren. An meinem dreißigsten.«

Ein kleiner Anflug von Panik stieg in ihm auf. Wieder wisperte ihm die Stimme die richtige Antwort ins Ohr. »Vor wenigen Jahren ... ja.«

»Was?« Etwas blitzte in ihren Augen auf, und die Stirnfalten hätten ein wenig Botox gut vertragen können in diesem Moment.

Daher antwortete er schnell: »Ja, diesen meine ich. Der Blumenstrauß war doch wunderschön, und du warst so sauer auf mich.«

»Kannst du dich noch an die Karte erinnern, die du mir dazu geschenkt hast?« Dieser gefährliche Unterton in ihrer Stimme gefiel ihm gar nicht.

»Ja, natürlich. Die war rosarot mit einem Herz drauf. Extra für dich, Mausi-Mausi.«

»Und das ›MfG‹ war eine Liebeserklärung, ja?«
Heinz schaute sich um. Die anderen
Teilnehmer der Reisegruppe hatten ihre
Gespräche unterbrochen, und alle Augen waren
auf ihn gerichtet. Die mitfühlenden Blicke der
männlichen Personen halfen ihm in diesem
Moment auch nicht weiter. Es gab nur einen
Ausweg aus dieser Situation. »Aber, Mausi«,
sagte er, formte seine Lippen zu einem Kuss und
schickte ihr ein Bussi zu. »Ich weiß nicht, warum
du dich darüber so aufregst. Ich wollte dir eben
freundliche Grüße mitschicken. Weil ich dich
doch so liebe.«

Uschi nahm ihren Blick von ihm und wandte
sich an Cornelia, die das Gespräch neugierig
verfolgt hatte. »Als ich diese Geschichte meinen
Freundinnen erzählt habe, wurde ich gefragt,
warum ich ausgerechnet ihn geheiratet habe. Der
Hans Dieter war doch auch so verliebt in mich. Er
war schon ein attraktiver Mann. Mit seinen
blonden Haaren und den blauen Augen.« Sie
unterbrach sich selbst, und ein Seufzer entfuhr
ihr. »Und einen Körperbau hatte der.« Der
nächste tiefe Seufzer folgte. Sie schaute fast
schon andächtig gen Himmel. »Damals ...«

Heinz lachte laut auf, als sie den Namen
nannte. »Du meinst diesen Hans Dieter, den ich
vor einigen Jahren im Baumarkt ... nein, ich
habe mich falsch ausgedrückt ... vor dem
Baumarkt am Boden sitzend getroffen habe? Der
niemals eine Frau abbekam, weil er viel zu
wählerisch war und ihm *keine* gut genug war,
auch du nicht, meine Liebe? Und der, nachdem er

aus seinem Lehrbetrieb geworfen wurde, keinen vernünftigen Job mehr fand? Der seit Jahrzehnten auf der Straße lebt? Diesen Hans Dieter?«

Sie schaute nur kurz in seine Richtung, winkte dann aber ab. »Ach, du willst doch nur von deinem Fehlverhalten ablenken. Was war denn an meinem fünfunddreißigsten Geburtstag?«

Er legte seinen Finger ans Kinn und dachte nach. Was war bloß an ihrem fünfunddreißigsten Geburtstag gewesen?

»Kannst du dich daran nicht mehr erinnern? Du hast mir in die Karte reingeschrieben: ›Alles Liebe zu deinem Fünfundvierzigsten‹. Sogar auf der Torte, die du von der Bäckerei geholt hast, stand eine Fünfundvierzig drauf. Von den ganzen Kerzen, die aussahen, als wären sie für eine Beerdigung, mal ganz abgesehen. Ich war erst fünfunddreißig. Kannst du dir vorstellen, wie ich mich gefühlt habe?« Uschi legte ihren Handrücken an ihre Stirn. Mit einer höheren, weinerlichen Stimme fuhr sie fort: »Es kommt mir vor, als wäre es gestern gewesen. So sehr hast du mich verletzt.«

Cornelias Augen trafen sich mit seinen. Das Entsetzen war ablesbar. Diesmal schüttelte sogar Peter seinen Kopf.

Jetzt muss dir aber schnell etwas einfallen.
»Zumindest habe ich ›Alles Liebe‹ geschrieben. Ich lerne ja aus meinen Fehlern.«

»Ach, Heinz«, murmelte Uschi nur. »Ich bin das von dir schon gewohnt. Du bist eben so, wie du bist.«

»Ein Unikat«, sagte Cornelia und lachte laut auf. Alle anderen stimmten mit ein.

Nur Heinz lachte nicht. Er fand das überhaupt nicht komisch.

27

Samstag, Tag 8

»Heute möchte ich gerne einkaufen gehen.« Uschi schaute in die großen, weit aufgerissenen Augen von Heinz, der gerade auf dem Weg zurück ins Hotelzimmer war.

Er schnappte nach Luft und brauchte einen Moment, um ihr zu antworten. »Wieso? Was willst du denn einkaufen? Was brauchst du denn so tragisch Dringendes?«

»Ach, ich möchte mir gerne eine Melone kaufen. So wie die, die wir hier zum Frühstück bekommen. Die ist wirklich so lecker.«

»Wir haben doch alles inklusive. Und schon die letzten Tage haben wir das nicht vollständig nutzen können, weil du dir ja die ganze Insel anschauen musstest. Obwohl *ich* dafür bezahlt habe.« Er betonte das Ich besonders stark.

Sie seufzte nur, sagte aber nichts dazu. Stattdessen richtete sie ihren Hut mit der Schleife und begab sich Richtung Ausgang.

Da schallte es von hinten: »Aber ich möchte an den Pool. Noch besser wäre, wenn wir ans Meer gehen.«

Als sie sich zu ihm umdrehte, stand er da mit

167

verschränkten Armen und zog eine Schnute. Das erinnerte sie sofort an Sibylle, die damals mit ihren fünf Jahren genauso bockig gewesen war wie ihr Ehemann jetzt.

»Ach, komm schon. Nur ein wenig. Dann gehen wir an den Strand, versprochen.«

Da erhellte sich sein Gesichtsausdruck sofort. »Aber nur ein kurzes Shopping. Versprich mir das.«

»Natürlich«, sagte sie noch, als sie sich bei ihm einhakte.

Doch schon Minuten später war seine gute Laune wieder verflogen, denn er beschwerte sich über die Hitze, außerdem hatte er Durst, und seine Füße taten ihm weh. Gekonnt ignorierte Uschi das und schenkte ihm statt einer Antwort nur ein Lächeln, was ihn zwar nicht befriedigte, aber zumindest artete es in keine unnötige Diskussion aus.

Im Einkaufszentrum Cita befand sich direkt hinter dem Eingang der Lebensmittelladen. Heinz drängte sie bereits in diese Richtung, als Uschi abwehrend sagte: »Nein, Schnuckiputzi. Da vorne möchte ich noch gerne schauen.«

»Was willst du schauen?« Er blieb ruckartig stehen.

»Ja, schauen eben.«

»Nein, das ist nicht dein Ernst. Du willst Kleidung shoppen. Als ob du nicht schon genug davon hättest.« Er pustete ein »Pfff« aus seinem Mund und zog eine grimmige Grimasse.

Gut, dachte sich Uschi. Natürlich war das ein

wenig gemein von ihr gewesen, ihn unter falschem Vorwand in das Einkaufszentrum zu locken. Aber hätte sie ihm die Wahrheit erzählt, dass sie in den kleinen Boutiquen etwas stöbern wollte, wäre er nicht mitgegangen. Somit hatte sie wohl oder übel zu dieser Notlüge greifen müssen.

Schnurstracks entfernte sie ihren Arm aus seinem und ging den Gang entlang. Vor einer Boutique blieb sie kurze Zeit später stehen und hielt ihm ihre Handtasche hin. »Halt mal kurz«, sagte sie noch, bevor sie in dem Geschäft verschwand.

28

Samstag, Tag 8

Und jetzt stand Heinz da. Mitten in dem Einkaufszentrum mit der braunen Handtasche in der Hand und starrte in die Boutique hinein, in der seine Frau Minuten zuvor untergetaucht war. Er wischte mit seinem Handrücken den Schweiß von seiner Stirn und fluchte zum gefühlt hundertsten Mal in seinen Gedanken. *Wieso hab ich Trottel mich nur darauf eingelassen? Ich könnte schon am Strand auf der Liege liegen und gemütlich mein Heft lesen. Aber nein, Madame muss einkaufen gehen.*

Uschis Telefon klingelte in ihrer Handtasche. Er kramte darin, fand es und drückte auf das grüne Zeichen, so wie Uschi ihm das gezeigt hatte.

»Nussler?«

»Hallo Papa. Wo ist denn Mama?«

»Danke, uns geht es sehr gut hier. Schön, dass du fragst«, murmelte er etwas angesäuert ins Telefon.

»Toll!«, sagte Sibylle, und nach einem kurzen Moment sprach sie weiter. »Wo ist Mama?«

Ein Seufzer entfuhr ihm, und er überlegte kurz, ob er nicht das Gespräch beenden sollte, denn sie wollte sowieso nicht mit ihm sprechen. Doch er riss sich zusammen. »Einkaufen.«

»Ach so. Kannst du ihr sagen, dass sie mich zurückrufen soll?«

»Was das wieder kostet!«

»Ach, Papa. Du kennst dich gar nicht aus. Das kostet nicht mehr, als wenn Mama mich aus Österreich anruft. In diesem Fall nichts, weil wir beide doch den gleichen Anbieter haben.«

»Aha.« Mehr hatte er nicht hinzuzufügen.

»Weil ich dich grad dran habe. Duuhuuu, Papa?«, säuselte Sibylle ins Telefon.

Heinz hörte sämtliche Alarmglocken in seinem Ohr schrillen. Wenn seine Tochter so anfing, dann brauchte sie etwas. Da konnte sie besonders lieb sein.

»Jahaaaaa?«

»Papa, ich brauche heute am Nachmittag dein Auto. Ich möchte gerne meinen Kleiderschrank abholen. Nur dafür ist mein Auto zu klein. Und da dachte ich, ich borge mir deins aus.«

»Ja, nat…« Plötzlich stockte er mitten im Satz. Ein mulmiges Gefühl breitete sich in seinem Bauch aus. *Die Pizza!*, schrie sein Hirn, und er verfluchte sich für diesen Fauxpas. Auf keinen Fall konnte er Sibylle sein Auto überlassen. Der Geruch von Salami und Käse, der seit Tagen in seinem Auto festhing, der Pizzakarton lag doch direkt im Kofferraum. Sie würde dies sofort – und damit meinte er *sofort!* – Uschi berichten. »Ähm … das geht nicht. Ich kann dir mein Auto nicht geben.«

»Wieso denn nicht?« Sibylles Tonfall war hörbar genervt.

»Weil ... ja ... der Tank ist leer. Und ich glaube nicht, dass du es bis zur nächsten Tankstelle schaffen wirst.«

Sibylle lachte laut auf. »Aber, Papa. Du wirst immer sonderbarer. Für diese Fälle hast du doch die Benzinkanister in der Garage stehen. Weißt du das nicht mehr?«

»Ja ... die sind aber auch leer. Ich habe vergessen, sie wieder aufzufüllen.«

»Das ist doch kein Problem. Ich mach das schon. Ich finde es schön, dass du dir um mich so Sorgen machst. Aber ich krieg das hin.«

»Und in die Werkstatt muss der Wagen auch, wenn wir wieder da sind. Der ruckelt so während der Fahrt. Also, ich denke, es ist besser, du fährst nicht damit.«

»Aber, Papa, ich hab doch meinen besten Freund Tobi mit. Der ist Automechaniker«, sagte sie, und Heinz hörte im Hintergrund eine männliche Stimme. »Papa? Tobi sagt gerade, dass so etwas schon passieren kann, wenn der Tank ziemlich leer ist. Wir müssen dann auch los. Danke, Papa, fürs Auto.«

Und noch bevor er reagieren konnte, hatte Sibylle das Gespräch beendet. Ihm wurde heiß und kalt bei dem Gedanken, was ihm bevorstand, wenn Sibylle Uschi von der Pizza erzählte. Das würde ein Donnerwetter geben. Noch hatte er Zeit, sich eine gute Ausrede einfallen zu lassen. Doch welche Argumente würde seine Frau akzeptieren?

Sein Gedankengang wurde von Uschi unterbrochen, die aus dem Laden kam und ihn ungläubig anschaute. »Warum hast du mein Handy in der Hand? Wer hat denn angerufen?«

»Sibylle. Du sollst sie zurückrufen. Gleich.« Vielleicht brachte es tatsächlich etwas, wenn sie sofort miteinander sprachen. So könnte Sibylle in wenigen Stunden, wenn die beiden das nächste Mal miteinander telefonierten, den Fund des Pizzakartons vielleicht vergessen haben. Die Hoffnung starb eben immer zum Schluss.

»Ich werde sie dann abends zurückrufen«, sagte Uschi und ließ ihr Handy in der Tasche, die sie eben wieder an sich genommen hatte, verschwinden.

Sofort hob Heinz abwehrend die Hände. »Nein, es hörte sich dringend an.«

»Es ist immer dringend.« Unbeeindruckt von seinen Worten schritt sie ins nächste Geschäft und ließ Heinz draußen stehen. Diesmal ohne Handtasche. Verzweifelt grübelte er, wie er sich nun aus der bevorstehenden peinlichen Situation herausreden könnte. Doch ehrlich gesagt, etwas Glaubhaftes hatte er nicht wirklich vorzubringen.

Gefühlte Stunden später ging er mit einigen Tüten in den Händen hinter Uschi her. Das

Einzige, was sie nicht gekauft hatte, war die Melone, so wie sie es heute in der Früh angekündigt hatte. Doch er war guter Dinge. Gerade erst war es kurz nach dreizehn Uhr, somit würden die beiden noch rechtzeitig zum Mittagessen im Hotel sein und könnten sich dann ein wenig später auf den Weg zum Strand machen. Er begann, eine Melodie zu summen.

»Du bist ja gut drauf heute.« Uschi schenkte ihm ihr schönstes Lächeln. »Was hältst du von der Idee, wenn wir uns jetzt ein wenig ins Bett legen und ausruhen? War doch ein sehr anstrengender Vormittag.«

»Nein, wir gehen jetzt etwas essen und dann an den Strand. So wie wir es vormittags ausgemacht haben.« Er konnte kaum fassen, was Uschi da von sich ließ.

»Essen möchte ich jetzt aber nicht, und am Strand ist es sicher voll heiß. Bis wir dort sind, werden wir komplett verschwitzt sein.«

»Ich werde jetzt etwas essen, und dann gehe ich zum Meer. Ob du mitkommst oder nicht. Mir egal.« Er zog seine Schultern hoch.

»Du kannst ja etwas essen, wenn du schon wieder so hungrig bist. Obst am besten.«

»Du kannst ja schon ins Zimmer gehen. Du musst nicht bei mir sitzen bleiben.«

»Ja«, sagte sie, überlegte dann aber kurz und revidierte ihre Antwort mit einem Lachen. »Nein, nein. Dich kann ich nicht allein zum Büfett lassen. Ich muss schließlich darauf achten, dass du etwas Nahrhaftes zu dir nimmst.«

Heinz öffnete seine Augen. Sein Körper fühlte sich an, als wäre eine Dampfwalze drübergefahren, und die Bettdecke klebte wie eine zweite Haut an ihm. Er schaute sich nach Uschi um, die auf dem Balkon saß und eine ihrer Zeitschriften las, die sie sich heute gekauft hatte. Langsam erhob er seine müden Knochen und setzte sich an die Bettkante. Noch ganz benommen schaute er auf seine Armbanduhr und war von einer Sekunde auf die nächste hellwach. Sofort stürmte er zu Uschi auf den Balkon. »Sag mal, weißt du eigentlich, wie spät es ist?«

Sie blickte zu ihm auf. »Natürlich, es ist kurz vor sieben. Warum fragst du das? Du hast doch selber eine Uhr.«

»Das war nur eine rhetorische Frage. Wie konntest du mich so lange schlafen lassen?« Er stemmte seine Hände in die Hüften.

»Ach, Schnuckiputzi. Du hast so fest geschlafen, da wollte ich dich nicht wecken. Die letzten Tage waren doch etwas zu viel für dich.«

»Ich wollte an den Strand.« Fast wären ihm die Tränen in die Augen geschossen vor Enttäuschung. Im letzten Augenblick schaffte er es noch, sie sich zu verkneifen.

»Das können wir doch auch morgen noch machen. Oder wir gehen jetzt ein wenig spazieren am Meer. Was hältst du davon?«

»Nein!«, sagte Heinz, setzte sich demonstrativ aufs Bett und schaltete den Fernseher ein. »Ich geh heute nirgendwo mehr hin.«

29

Sonntag, Tag 9

Uschi packte die Badehandtücher in die Strandtasche, als Heinz wie von der Tarantel gestochen aus dem Badezimmer stürmte. Sie musste sich zurückhalten, dass sie bei diesem Anblick nicht zu lachen begann.

»Da, schau mal«, sagte Heinz und zerrte an seiner Badehose herum. »Die hat hier ein Loch.«

Und tatsächlich war mitten auf seiner linken Pobacke ein riesengroßer Einblick auf die Haut gegeben. Ein Schmunzeln huschte ihr über das Gesicht, doch als er sich wieder zu ihr umdrehte, entspannte sie sofort ihre Gesichtsmuskeln. In seinen Augen spiegelte sich das blanke Entsetzen wider.

»Aber die hattest du doch erst vor ein paar Tagen an, als wir am Pool waren. Das ist doch nicht so schlimm, du hast doch eine neue gekauft. Dann ziehst du halt die an.« Sie hielt ihm die andere Badehose entgegen.

»Die ist zu klein.«

»Verstehe ich nicht. Die hattest du doch letztens erst an. Davon abgesehen, hier kennt dich keiner, also stellt sich das nicht als Problem dar.«

»Die kneift aber. Warum hast du überhaupt eine kaputte eingepackt?« Mit vorwurfsvollem Unterton sprach er weiter. »Du bist dafür verantwortlich. Jetzt können wir nicht mal an den Strand gehen.«

»Ich bin mir sicher, dass wir auf den Weg dorthin ein Geschäft finden, das Badehosen führt.«

»Schon wieder Geld ausgeben. Unnötig so was. Ich habe zigtausend Badehosen zu Hause, und du packst ausgerechnet die älteste ein. Na, herzlichen Dank auch.«

»Aber komm, Heinz«, sagte sie und lachte. »Sei doch nicht so bockig. Wir gehen jetzt und werden für dich noch eine Badehose kaufen.«

Gesagt, getan. Minuten später war auch Heinz fertig, und die beiden schlenderten zum Strand. Den ersten Laden, der Badebekleidung hatte, steuerte Uschi sofort an. Sie nahm eine Badehose vom Ständer und überreichte sie Heinz.

Widerwillig griff er sie und protestierte. »Die ist aber grün. Ich mag kein Grün.«

»Heinz, bitte. Das ist im Moment die einzige, die ich in deiner Größe finden kann. Also, schlüpf da mal rein.«

Er zog von dannen, und als er wiederkam, sagte er sofort: »Die passt nicht.«

»Doch, die passt dir doch. Die ist nicht zu eng und nicht zu weit. Die nehmen wir.«

»Nein, die passt nicht. Da schneidet sie mir ein.« Er deutete auf seine Hüfte. Doch als Uschi hingreifen wollte, um sich das genauer anzusehen, wich er zurück. »Ich hab gesagt, sie passt nicht. Also, such weiter.«

Klar, passt die nicht. Sie ist ja grün, dachte Uschi und schüttelte verständnislos den Kopf. Doch auch nach mehrmaligem Suchen fand sie keine andere. »Schnuckiputzi. Grün steht dir. Komm, nimm die, und gut is.«

Aber Heinz hatte ihr das verhasste Teil wieder in die Hand gedrückt und war schon aus dem Laden verschwunden. Uschi musste sich beeilen, um ihn wieder einzuholen, so schnell ging er. Er verschwand bereits im nächsten Laden. Freudestrahlend hielt er ihr eine Badehose entgegen.

Sie nahm sie und stellte fest: »Die ist aber um eine Nummer zu klein. Die wird dir nicht passen.«

»Die passt schon. Komm, lass uns zahlen.«

»Heinz? Willst du sie nicht mal anprobieren? Sonst ist sie tatsächlich zu klein, wie die andere auch, die du gekauft hattest.«

»Wenn ich sage, die passt, dann passt sie auch.«

Uschi hob abwehrend die Hände und verkniff sich jeden weiteren Kommentar. Geistig beschäftigte sie die Frage, warum er dann nicht gleich die genommen hatte, die doch noch im Hotelzimmer lag. Allerdings würde sie mit ihrer Frage womöglich einen Streit vom Zaun brechen, und das wollte sie auf keinen Fall.

Er ist alt genug, dass er weiß, was er tut.

Uschi blätterte in ihrer Zeitschrift. Sie lag ebenso wie Heinz auf einer der unzähligen Liegen am Strand von Maspalomas. Am Himmel war keine einzige Wolke zu sehen. Die Sonne brannte gnadenlos herunter. Uschi war froh, unter einem der Sonnenschirme zu liegen. Heinz hatte sich furchtbar aufgeregt über die Mietpreise für einen Tag und war schon geneigt gewesen, sich mit seinem Handtuch in den Sand zu legen. Er wollte ja pralle Sonne, doch Uschi hatte mit Engelszungen auf ihn eingeredet, dass zu viel Sonne Hautkrebs verursache. Somit hatte er, wenn auch widerwillig, bezahlt.

Nun grillte Heinz wie ein Brathuhn vor sich hin und schlief. Uschi schob ihre Sonnenbrille nach oben. Wenn sie sich nicht täuschte, überzog bereits ein leichter Rotton seinen Körper. Hatte er sich überhaupt eingecremt? Sie ließ den heutigen Vormittag Revue passieren, doch mit der Sonnencreme in der Hand hatte sie ihn nicht gesehen. Sie wurde aus ihren Gedanken gerissen, als ihr Handy eine neue Nachricht anzeigte. Es war eine WhatsApp von Sibylle.

›*Mama? Hat Papa vergessen, dir auszurichten, dass du mich anrufen sollst?*‹

Sie seufzte. Ihre Tochter war schon immer so gewesen. Ohne ein Wort der Begrüßung fiel sie gleich mit der Tür ins Haus. Uschi schrieb zurück: ›Nein, Papa hat es nicht vergessen. Ich hatte keine Zeit gestern. Was ist denn los?‹

›Stell dir vor, meine Chefin möchte mich als ihre Stellvertreterin haben. Ist das nicht toll?‹

›Ja, das ist eine super Möglichkeit für dich, in deinem Job weiter nach oben zu kommen. Ich gratuliere dir.‹

›Das wollte ich dir erzählen. Ach ja, sag Papa, ich hab den Karton entsorgt ;-)‹

›Welchen Karton? Wovon sprichst du?‹

›Soll er dir selber sagen. Hab dich lieb, Mama. Schönen Urlaub noch.‹

Uschi schickte noch einen Smiley mit dem Herz auf den Lippen an ihre Tochter und steckte ihr Telefon zurück in die Tasche. *Sehr mysteriös. Was es wohl mit diesem Karton auf sich hat?* Sie schaute zu Heinz, der noch immer friedlich auf der Liege schlief. *Ich werde ihn später dazu befragen.*

30

Sonntag, Tag 9

Zuerst spürte Heinz eine Hand auf seiner Schulter, bevor Uschis Stimme ihn aus seinen Träumen riss. »Hast du dich eingecremt?«

Er blinzelte kurz und drehte seinen Kopf zur Seite. »Nein, warum sollte ich mir diese Pampe auf meinen Luxuskörper schmieren?«

»Du wirst schon leicht rot. Ungeschützt in der Sonne liegen ist gefährlich.«

»Aber geh«, sagte Heinz und wischte mit seiner Hand ihre Bemerkung fort. »Ich hatte noch nie einen Sonnenbrand. Ich bin doch kein Milchmädchen so wie du. Du bist genauso weiß wie das Handtuch, auf dem du liegst.«

»Würdest du dich bitte eincremen? Oder zumindest in den Schatten legen?« Ein genervter Blick von Uschi folgte, und sie hielt ihm die Tube hin.

»Ich möchte Farbe bekommen.« Mit diesen Worten drehte er sich wieder zurück auf den Rücken und schloss seine Augen.

»Farbe bekommst du sicher. Das ist jetzt schon mal fix«, sagte Uschi noch, aber Heinz reagierte nicht mehr. Für ihn war das Gespräch beendet.

Schließlich war er doch ein Mann, und seine Haut war nicht empfindlich.

Er entschlummerte in seine Traumwelt. Das sanfte Meeresrauschen hatte eine beruhigende Wirkung auf ihn, und so träumte er davon, was er mit dem Geld, das er als Abfindung bekommen hatte, noch anstellen wollte. Vielleicht ein neuer Wohnwagen, oder sollte er doch lieber sparen für schlechte Zeiten? Irgendwann musste er dann endgültig eingeschlafen sein, da er von einem eigenartigen Spannen auf seiner Haut geweckt wurde. Nach einem kurzen Blick auf seine Armbanduhr stellte er fest, dass er eine gute Stunde hier gelegen hatte.

Doch nicht nur das eigenartige Gefühl auf seiner Haut hatte ihn geweckt, sondern auch seine Blase meldete das Bedürfnis an, geleert zu werden.

Schlaftrunken schaute er zu Uschi, doch diese war ganz vertieft in ihre Modezeitschrift. Vermutlich wieder irgendein Artikel über Könige und Prinzessinnen. Schließlich interessierte sie das meist besonders. Was Heinz nicht nachvollziehen konnte. Was war an diesem Leben so toll? Ständig die Paparazzi am Hals zu haben, keinen falschen Schritt machen zu dürfen oder noch schlimmer ein falsches Wort zu sagen. Also was war daran so interessant?

»Uschi?«, setzte er zur Frage an und merkte, dass es in seinem Hals kratzte.

»Ja?«

»Hast du hier in der Nähe eine Toilette

gesehen?«

»Dort vorne bei den Geschäften ist eine.«

Heinz schaute dem ausgestreckten Finger seiner Frau nach. In gefühlt zwanzig Kilometern Entfernung war der Ort, den sie meinte. *Bis ich dort ankomme, bin ich verdurstet und schleppe mich auf allen vieren durch den Sand. Vermutlich werde ich auch eine Fata Morgana kurz vor meinem Tod sehen.*

»Hast du etwas zu trinken dabei?«, fragte er.

»Natürlich.« Sie förderte eine halb leere Wasserflasche aus ihrer Tasche zutage. Schon als er diese mit seinen Fingern umschloss, fühlte sie sich warm an. Kein Wunder, die Strandtasche stand in der Sonne.

»Das Wasser ist luluwarm.«

»Trink es oder lass es. Wie du willst.« Sie blätterte zur nächsten Seite um und beachtete ihn nicht mehr.

Er setzte zum Trinken an, und als die Flüssigkeit seinen Mund erreichte, hätte er sie am liebsten wieder ausgespuckt. *Boah,* dachte er. *Wie ekelhaft.* Tapfer schluckte er und überwand sich sogar noch zu einem weiteren Schluck. Dann stand er auf.

»Wo gehst du hin?«

»Aufs Klo und etwas Kaltes zum Trinken holen.«

»Du sollst nicht so kalt trinken. Du hast doch einen nervösen Magen. Weißt du nicht mehr, was dein Arzt gesagt hat?« Uschi schob ihre Brille über ihre Haare und schaute ihn entsetzt an. »Du bist ja krebsrot!«

»Ach, das täuscht nur. Wenn ich dann im Wasser bin, dann kühlt das gleich wieder ab.«

Sie hob ihre Schultern in die Höhe und sagte: »Wie du meinst.«

Schon nach den ersten Schritten brannte es wie Feuer unter seinen Fußsohlen, und Heinz rannte in Richtung Meer, wo der Sand kühler war. Fast schon konnte er das Zischen hören, als seine Füße vom Meerwasser umspült wurden. Der Drang seiner Blase wurde dadurch allerdings noch verstärkt.

Soll ich ins Meer gehen und es dort einfach laufen lassen? Ich meine, die Strömung würde das doch sofort hinaustragen und keiner würde etwas merken. Doch so schnell dieser Gedanke aufkam, so schnell verschwand er auch wieder.

Es dauerte fast zehn Minuten, bis er es zur rettenden Toilette geschafft hatte. Mittlerweile brannten zwar seine Fußsohlen nicht mehr, dafür aber der Rest seines Körpers umso mehr.

Der erste Blick in den Raum und die Toilettenpapierfetzen auf dem Boden offenbarten keinen guten Eindruck. Gut, sauber war anders, und wenn er ehrlich darüber nachdachte, hätte er seine Badeschuhe mitnehmen sollen, um nicht mit nackten Füßen auf dem kalten, mit Sand und sonstigen Dingen, die er nicht richtig benennen konnte, bedeckten Boden zu stehen. Er verrichtete seine Notdurft und versuchte, an seine Umgebung keinen weiteren Gedanken mehr zu verschwenden. Gerade als er die letzte

Stufe, die ihn wieder ins Freie führte, erreichte und im Begriff war, sich einen kleinen Supermarkt in der Nähe zu suchen, fiel ihm ein, dass er nicht nur seine Schuhe vergessen hatte, sondern auch das notwendige Geld, um sich etwas zu kaufen. Am liebsten hätte er sich für diese Dummheit selbst geschlagen. Aber es half nichts. Zumindest war die Blase leer, und er würde den Rückweg für einen kurzen Zwischenstopp im kühlen Nass nutzen.

Gesagt, getan. Das Wasser tat gut auf seiner Haut, und er genoss die Abkühlung. Nach kurzer Zeit war er wieder bei seiner Frau angekommen, die ihn prüfend anblickte.

»Ich dachte, du holst etwas Kaltes zum Trinken?«

Ja, Baby. Streu noch Salz in die Wunde!

»Ach, lass mich doch in Ruhe«, zischte er in ihre Richtung und machte es sich wieder auf der Sonnenliege bequem.

31

Sonntag, Tag 9

»Mich wundert es nicht, dass du Kopfschmerzen hast«, sagte Uschi. Vor zwei Stunden waren die beiden vom Strand zurückgekommen, und Heinz lag seitdem im Bett und stöhnte, als wäre er kurz vorm Sterben.

»Dann gib mir eine Tablette.«

»Du musst mal Flüssigkeit zu dir nehmen. Du hast vermutlich einen Sonnenstich.« Sie legte ihm erneut ein nasses Handtuch auf seine Stirn und reichte ihm ein Glas Wasser. Er verzog sein Gesicht, trank es aber in einem Zug leer.

»Danke«, flüsterte er vor sich hin, »dass du in meinen letzten Stunden hier auf Erden noch bei mir bleibst.«

»Was du wieder für einen Schwachsinn redest!«, sagte Uschi, hob seinen Kopf leicht an und schob ein weiteres Kissen darunter.

Sein gesamter Körper hatte die Farbe von reifen Tomaten angenommen. Kleine Schweißperlen hoben sich von seiner Haut ab. *Er tut mir zwar leid, aber er ist selber schuld. Was liegt er denn auch stundenlang in der prallen Sonne?*

Sie stand auf und ging in Richtung Badezimmer.

»Bitte verlass mich nicht.« Seine Stimme klang weinerlich, und als sie sich umdrehte, streckte er ihr seine Hand entgegen.

Sie lachte kurz auf. In so einem verheerenden Zustand hatte sie ihn schon lange nicht mehr erlebt. »Ich hole nur schnell Globuli für dich. Dann geht es dir gleich wieder besser.«

»Nein, ich will eine Tablette haben. Keine kleinen weißen Placebos.«

»Du kriegst was Homöopathisches. Das wirkt und ist rein pflanzlich.« Sie kramte in der Notfalltasche, fand sogleich das Gesuchte und schüttete sich zehn Kügelchen in die Hand. *Das sollte erst mal helfen,* dachte sie sich, als sie ihm die Globuli in den Mund gab.

Nach gut einer halben Stunde war Heinz endlich eingeschlafen. »Morgen wird es dir sicher besser gehen«, flüsterte sie ihm zu.

32

Montag, Tag 10

Das Aufstehen in der Früh fiel Heinz besonders schwer. Seine Haut spannte noch, der Kopf dröhnte. Nach einer kalten Dusche und einer Feuchtigkeitscreme-Behandlung von Uschi ging es zumindest seinem Körper wieder besser. Weitere zehn kleine weiße Kügelchen später verschwanden auch die Kopfschmerzen. Heute war der letzte Ausflugstag. Wenn es ihm besser gegangen wäre, hätte er vor Freude gejubelt. Die restliche Zeit würden Uschi und er endlich den Urlaub genießen, den er mittlerweile schon dringend nötig hatte.

Pünktlich um 9:20 Uhr standen die beiden am Treffpunkt, und Heinz schnaufte schwer, als er sich im Bus auf den Sitz fallen ließ. Zu seiner Verärgerung fuhr auch Siegbert Fröhlich beim heutigen Ausflug wieder mit und hatte Uschi bereits zugezwinkert. Zum Kotzen, dieser aufgeblasene, arrogante Typ. Keine Minute später hörte er auch schon die Reiseleiterin Eva. Zwar hatte sie eine angenehme Stimme und immer ein Lächeln auf den Lippen, trotzdem wäre es ihm lieber gewesen, im Hotel am Pool zu bleiben. Noch lieber wäre er an den Strand gegangen. Diesmal hätte er sich sogar in den Schatten gelegt. Ein Seufzer entfuhr seiner Kehle.

»Ich heiße euch alle herzlich willkommen auf unserer heutigen Fahrt in die Berge. Mein Name ist Eva, und ich bin eure Reiseführerin. Wir sind nun vollzählig und starten unser heutiges Abenteuer. Unser erster Stopp wird in dem verträumten Dörfchen Fataga sein.« Der Bus setzte sich in Bewegung.

»Träumen könnte ich jetzt auch«, sagte Heinz. »Auf der Liege am Pool.«

»Ach, komm schon. Jetzt mach doch nicht so ein griesgrämiges Gesicht. Lass uns den heutigen Tag genießen. Sieh es doch als Abenteuer«, sagte Uschi, und bevor Heinz antworten konnte, erhob sie ihre Hand und sprach weiter. »Ich vergaß. Du stehst ja nicht so auf Abenteuer. Außer du kannst mehrere Stempel auf einen Antrag knallen.« Ein Grinsen huschte ihr über das Gesicht, als sie ihre Hand zu einer leichten Faust formte und den imaginären Stempel mehrmals hintereinander auf die Lehne des Vordersitzes drückte.

Heinz schnaufte verächtlich, doch dann kam ihm eine Idee. »Na ja, wenigstens ist die Eva eine Hübsche. Findest du nicht?« Er konnte nicht verhindern, dass sich seine Mundwinkel wie selbstständig nach oben zogen. Doch eigentlich hätte er es besser wissen müssen, dass dieses Thema Gesprächsstoff für die nächsten Stunden werden könnte.

»Ach so? Gefall ich dir nicht mehr? Sie ist doch gerade mal ein, zwei Jahre jünger als ich.« Uschi machte eine abfällige Handbewegung und fuhr sich sogleich durch ihr Haar.

»Nein ... ja ... das sieht man ihr aber nicht an. Ach, so war das doch gar nicht gemeint.«

»Wie hast du es denn sonst gemeint?« Er hätte schwören können, dass Uschis Augen gefährlich funkelten. Wenn er nicht aufpasste, dann würde der Tag heute noch böse enden.

»Dass ich mich freue, dass Eva unsere Reiseleiterin ist. Sie ist ... nett.« Das letzte Wort hatte er sich gut überlegt. Jetzt war der Punkt erreicht, an dem Uschi jedes seiner Worte auf die Waagschale legen würde, und nur der kleinste Fehler konnte tödlich enden.

»Also doch. Du bist ein elender Mistkerl«, zischte sie. Ihre Augen kniff sie zusammen, und auf ihrer Stirn bildeten sich noch mehr Falten.

Und wieder flüsterte das Engelchen auf seiner Schulter ihm die Worte zu, die er sogleich aussprach: »Ich bin ja so froh, dass wir gemeinsam diesen Ausflug machen. Was hätte ich heute nur den ganzen Tag gemacht?«, sagte er mit lieblicher Stimme und strich ihr über die Wange. »Mausi-Mausi. Ich lieb doch nur dich.«

Der Bus hatte die Landstraße erreicht, die die Reisegruppe ins Inselinnere führte. Immer höher schlängelte sich die Straße die Berge hinauf. Heinz sah, dass die Hänge mit einem leichten Grün übersät waren und die Felsen eine andere, hellere Farbe bekamen. Er blickte aus dem

Fenster in die Schlucht hinunter. Die Häuser, die dort standen, waren winzig klein, und ihm wurde leicht mulmig, somit beschloss er, nur noch nach vorne zu sehen. Und dann sah er es, das Dorf der tausend Palmen, eine Palme an der nächsten angereiht, flatterten ihre Blätter im Wind. Er war fasziniert von diesem Ausblick. Es war doch so anders als im botanischen Garten in Wien.

Der Reisebus machte Halt an einem Café. Natürlich! Wo auch sonst könnte man diesen Ausblick mehr genießen als in einem Café. Er hatte zwar keine große Lust dazu, sich zu den anderen zu gesellen, aber sein Widersacher Siegbert Fröhlich hatte schon die Witterung seiner Frau aufgenommen. *Heute nicht, mein Freund,* dachte er und legte besitzergreifend seinen Arm um Uschis Schultern. Das breite Grinsen in Fröhlichs Gesicht erstarb sogleich, oder vielleicht hatte es nur den Besitzer gewechselt, denn Heinz zeigte Zähne. Zufrieden lehnte er sich auf dem Stuhl zurück und schloss seine Augen, während Uschi ihren Kaffee schlürfte. Als Evas Stimme in seinen Gehörgang gelangte und zur Weiterfahrt aufrief, erschrak er. Er war tatsächlich eingenickt.

Der Bus setzte sich wenige Minuten später wieder in Bewegung und erklomm weiter die Bergwelt.

»Ich hoffe, ihr habt den kleinen Stopp genossen. Wir sind jetzt auf dem Weg zum Mirador de Tunte. Dort werden wir unseren nächsten Stopp auf einer Aussichtsplattform machen. Da könnt ihr die wundervolle Natur genießen. Von dort habt ihr einen herrlichen Ausblick auf das Bergdorf San Bartolomé de Tirajana bis nach Santa Lucia.«

Noch ein wenig verschlafen murmelte Heinz: »Toll, wir stehen dann auf einem Betonplatz und schauen uns Dächer an. Klingt sehr interessant.«

»Jetzt sei doch nicht immer so pessimistisch«, entgegnete Uschi. »Das ist sicher schön dort.«

Er schaute aus dem Fenster und spürte einen Druck in seinen Ohren. Ein dumpfes Geräusch war zu hören. Die Vegetation am Straßenrand veränderte sich, doch Heinz interessierte das herzlich wenig, und er wandte sich wieder Uschi zu. Er sprach mit einem süffisanten Unterton in seiner Stimme: »Ich sehe jetzt Bäume, Sträucher und Felsen. Dann sehe ich Bäume, Sträucher, Felsen und Hausdächer. Klingt … aufregend.«

»Genieße doch die schöne Aussicht von dort. Wir könnten doch hier mal wandern gehen. Ist das nicht toll hier?« Sie strahlte über das ganze Gesicht. Sie meinte das tatsächlich ernst, was sie gesagt hatte.

»Wandern? Wer will wandern? Ich bin hier im Urlaub, und ich will mich bald wieder auf eine Liege am Pool legen.«

»Ein wenig körperliche Bewegung würde dir nicht schaden.« Leicht strich sie ihm über seinen Wohlstandsbauch, doch er schubste ihre Hand fort.

»Ich habe kein Gramm zugenommen die letzten Jahre. Meine Socken, die ich mir vor zehn

Jahren gekauft habe, passen heute noch.«

»Kannst du ja auch nicht wissen. Du stellst dich ja nie auf die Waage. Aber ich kaufe deine Kleidung. Daher weiß ich das.«

»Was weißt du?«

»Dass du zugenommen hast. Besonders jetzt, seitdem du in Pension bist. Obwohl du dich vorher in deinem Job als Beamter auch nicht bewegt hast. Außer deine rechte Hand mit dem Stempel.«

»Das ist doch gar nicht wahr, was du sagst. Du hast doch auch …« Das Engelchen auf seiner Schulter schrie ganz laut: *»Sag es nicht, Heinz. Das ist dein Untergang.«* Einen Moment später sprach er weiter: »Ich liebe dich, Mausi-Mausi.«

»Ich dich doch auch, Schnuckiputzi.«

Er hielt sich mit Daumen und Zeigefinger die Nase zu und schluckte. Der Druck verschwand sogleich von seinen Ohren. Nach minutenlangem Schweigen sagte er: »Weißt du eigentlich, was ›Wandern‹ bedeutet?«

»Natürlich. In der Natur spazieren gehen.«

»In ›Wandern‹ steckt auch das Wort ›andern‹. Also gehen die andern wandern.« Er fing an, laut zu lachen, sodass sich die anderen Fahrgäste zu ihm umdrehten. Uschi lachte nicht, stattdessen schenkte sie ihm einen abschätzigen Blick und schüttelte den Kopf.

Die Fahrt ging kurvenreich weiter. Der Bus fuhr durch Pinienwälder. Heinz sah zwar aus dem Fenster, allerdings konnte er nichts ausmachen, was ihm wirklich gefiel. Hohe

Felswände reckten sich dem Himmel entgegen. Einige Grillplätze sah er, aber dort war keine Menschenseele. Kein Wunder, die waren ja auch mitten im Nirgendwo. Sein Blick war starr hinaus gerichtet, und er träumte mit offenen Augen.

Aus dem Lautsprecher über ihm erklang Evas Stimme: »Wir sind jetzt beim Pico de las Nieves angekommen. Von dieser Stelle aus könnt ihr den Teide auf Teneriffa erkennen.«

Als Heinz und Uschi am Geländer der Plattform angekommen waren, schaute Heinz in die Ferne. Doch da war alles nur weiß.

»Ich seh nix«, sagte er nach einem kurzen Zögern.

»Doch, da drüben muss er sein.« Uschi zeigte leicht nach rechts, und er folgte ihrer Hand mit den Augen. Doch es änderte sich nichts daran, dass er nur eine weiße Nebelwand sah, die sich vom blauen Meer und dem ansonsten blauen Himmel abhob.

»Zwischen ›muss er sein‹ und ›ist er‹ gibt es einen großen Unterschied. «

»Da hat sich halt gerade eine Art Nebel vorgeschoben. Sieh doch. Auch der Horizont ist nicht klar erkennbar. Vermutlich ist einfach nur zu viel Sand in der Luft. Ist doch nicht so schlimm.« Sie zuckte mit ihren Schultern.

»Doch, das ist schlimm. Ich habe bezahlt dafür.« Heinz stemmte seine Hände in die Hüften.

»Da kann doch das Reisebüro auch nichts

machen. Das Wetter kann man nicht buchen.«

»Doch, ich«, sagte er und tippte sich mit dem Zeigefinger auf seine Brust, danach verschränkte er seine Arme. »Ich habe das gebucht. Und ich will jetzt den Teide sehen.«

Uschi streichelte ihm über die Wange. »Aber, Schnuckiputzi. Komm schon. Solange der Nebel davor ist, wirst du nichts sehen können. Sei doch nicht so bockig wie ein Kind.«

»Ich habe diesen Ausflug nur wegen dem Blick auf den Teide gebucht. Und den will ich jetzt auch sehen.«

»Das ist doch gar nicht wahr. Du wolltest gar nicht mitfahren und hast den armen Frank im Büro einfach ignoriert.«

»Frank? Wer ist Frank?«

»Hallo? Kriegst du heute gar nichts mit? Frank ist der Mann von Eva. Vom Reisebüro in der Cita? Wo wir unsere Ausflüge gebucht haben?«

»Ach so! Ist Eva verheiratet? Das wusste ich gar nicht. Der Mann kann sich glücklich schätzen.« Er schaute über seine Schulter, dorthin, wo Eva stand und sich mit anderen aus der Gruppe unterhielt.

»Warum ist das wichtig?« Schon wieder so ein tödlicher Blick von ihr, und er spürte, wie sie in sein Hirn eindrang, um seine Gedanken zu lesen.

»Schau, Mausi«, sagte er schnell und griff nach Uschis Hand. »Eva winkt schon. Wir müssen wieder einsteigen.«

Die restliche Fahrt war Uschi sehr schweigsam. So kannte er sie gar nicht. Außer …

außer sie war beleidigt wegen ihm. Aber was hatte er bloß Falsches gesagt, dass sie gleich so reagierte? Während der Fahrt schaute er mehrmals aus dem Fenster, doch die Landschaft veränderte sich kaum. Felsen, Sträucher, Bäume, und dafür hatte er Geld bezahlt. Sein Magen gluckerte, und er schaute auf seine Uhr. Kein Wunder, es war kurz nach vierzehn Uhr. Da kam es ihm gerade recht, als Eva eine Durchsage machte.

»Wir werden gleich unseren nächsten Halt erreichen. Dort lassen wir uns mit köstlichen kanarischen Spezialitäten verwöhnen.«

»Mir knurrt eh schon der Magen«, sagte Heinz und rieb sich seinen Bauch.

Uschi reagierte nicht auf ihn, sondern schaute nach vorne.

»Uschi?«, versuchte er nochmals, mit seiner Frau wieder ins Gespräch zu kommen. Doch auch diesmal würdigte sie ihn keines Blickes. »Ach, komm schon. Jetzt rede doch wieder mit mir.«

Sie drehte ihren Kopf zu ihm und sprach: »Du denkst auch ständig nur ans Essen.«

»Nein, an Fußball und an die Poolliege denke ich auch öfter.«

»Ich bin gespannt, was wir alles verkosten dürfen. Du nicht auch?« Bei ihren Worten kam ein wenig Unmut in ihm auf. Sie würde doch wohl nicht wieder vorhaben, ihm Gemüse auf den Teller zu packen?

Der Bus verlangsamte seine Geschwindigkeit, und Minuten später parkte er vor einem

Restaurant, das von außen nicht so einladend aussah. Aber schließlich waren sie auf einer spanischen Insel, da tickten die Uhren einfach anders.

»Wir sind da. Ich bin mir sicher, dass du auch so einiges findest, was dir schmeckt«, sagte Uschi und stand auf.

»Haben die Schnitzel?«

»Nein, mit Sicherheit nicht. Ansonsten würden es ja keine kanarischen Spezialitäten sein, oder?«

Kurz darauf saßen die beiden schon an einem der zahlreichen Tische auf der Terrasse.

33

Montag, Tag 10

Klar verstand Uschi, dass Heinz das Wasser im Mund zusammenlief beim Anblick der Mandeltorte, die mitten auf dem Tisch stand. Allerdings musste sie ihn davon abhalten, ein ganzes Stück zu essen. Somit teilte sie ein Stück in zwei Hälften und stellte eine davon vor Heinz hin, der sie entgeistert anblickte.

»Vielleicht wäre es möglich, dass ich allein ein Stück esse? Ein ganzes meine ich. Ehrlich, Uschi, du übertreibst.« Er schob den Teller von sich weg und legte die Gabel aus seiner Hand.

»Schnuckiputzi. Du weißt doch, dass es dir nicht guttut. Damit du überhaupt etwas Süßes essen kannst, dachte ich mir, ich teile mit dir.«

Ein versöhnliches Lächeln schlich sich auf seine Lippen. »Ja, ich weiß ja, Mausi. Ich verspreche dir, ich werde mich mäßigen. Okay? Aber wenn ich so Süßkram sehe, dann kann ich mich halt nicht beherrschen.«

»Also, dann genieße dein halbes Stückchen. Das kannst du ruhig essen, denn morgen gehen wir sowieso viel.«

Zuerst nickte Heinz nur, doch plötzlich

richtete er einen eindringlichen Blick auf sie. Seine Lippen begannen zu beben. Uschi dachte im ersten Moment, dass es vielleicht ein Schwächeanfall war, die Nachwirkungen des gestrigen Sonnenstichs. Doch sie änderte ihre Meinung gleich wieder, nachdem er zu reden begonnen hatte.

»Wie? Morgen gehen wir viel? Die Ausflüge haben doch heute endlich ein Ende gefunden. Somit liegen wir morgen auf der Sonnenliege.«

»Nein, ich möchte doch so gerne in den Palmitospark. Da gibt es einen Papageienkäfig, dort können wir sogar reingehen, und die Vögel sind ganz nahe. Ist das nicht toll?« Erst gestern am Abend, als Heinz schon tief und fest geschlafen hatte, hatte sie diese Empfehlung in einer Facebook-Gruppe gefunden. Beim Betrachten der unzähligen Fotos war sie fest davon überzeugt gewesen, dass es auch Heinz dort gefallen würde.

»Uschi! Ich möchte endlich Urlaub machen.«

»Das gefällt dir dort sicher. Ich habe mich erkundigt. Da fährt ein Bus hin. Der fährt direkt vom Einkaufscenter Cita. Ist das nicht super?«

»Nein, das ist nicht super.«

»Ach, komm schon. Hin fahren wir um kurz nach zwölf, und um achtzehn Uhr kommen wir wieder zurück. Ich will etwas erleben im Urlaub.«

»Wie? Sechs Stunden im Tierpark? Was willst du dort die ganze Zeit machen?« Heinz riss seine Augen ganz weit auf.

»Da gibt es tolle Shows. Du wirst sehen, das

gefällt dir auch. Freu dich doch darauf. So was sieht man nicht jeden Tag.«

»Du kannst ja allein fahren. Ich hab keine Lust.«

»Du alter Griesgram. Natürlich fährst du mit.« Er murmelte etwas Unverständliches vor sich hin, und als Uschi nachfragte, platzte es aus ihm heraus:»Ich will nicht. Und du kannst mich nicht dazu zwingen.«

Uschi kam ganz nahe an ihn heran und strich mit ihrer Hand über seine Wange. »Komm, Schnuckiputzi. Mach es mir zuliebe. Und du wirst sehen, es macht dir sicher auch Spaß.«

Als Antwort verdrehte Heinz nur die Augen.

34

Dienstag, Tag 11

»Oh ja. Das ist toll, dass ihr in den Palmitospark fahrt und uns mitnehmt. Da wollten wir schon lange wieder mal hin. Nicht wahr, Peter?«

Heinz schnaufte verächtlich. Cornelia plapperte seit dem Frühstück unaufhörlich. Jetzt war es nicht nur so, dass er es sechs Stunden im Tierpark aushalten musste. Nein, als Krönung hatte er nun auch noch die beiden an der Backe, die ihn zu Tode langweilten. Missmutig stapfte er den dreien hinterher. Soeben waren sie aus dem Bus ausgestiegen und standen nun am Ticketschalter.

Innerlich verfluchte er seine Ehefrau, weil sie Cornelia und Peter beim Frühstück verraten hatte, dass sie vorhatten, in den Park zu fahren. Natürlich sprang Cornelia sofort darauf an. Ihr »Nicht wahr, Peter?« hallte noch in seinem Gehörgang nach.

Wortlos zückte er seine Geldbörse und bezahlte den – in seinen Augen horrenden – Preis. Wenige Momente später übernahm die heutige Reiseführerin Cornelia ungefragt das Ruder. Sie zeigte nach links und sagte: »Da drüben ist der Papageienkäfig.« Heinz folgte ihrem Fingerzeig mit den Augen, und tatsächlich, schon nach einigen Schritten in diese Richtung sah er eine riesengroße Voliere.

Die Vögel begrüßten sie mit Flügelschlagen und Gekrächze, als sie den begehbaren Käfig betraten. Ein großer bunter Papagei saß auf einem der unzähligen Äste und beobachtete ihn eindringlich. Heinz streckte seinen Arm in seine Richtung aus. Und tatsächlich rutschte der Vogel ein wenig näher. Es waren noch gute zwanzig Zentimeter zwischen seiner Hand und dem Papagei.

»Na, komm schon her«, sprach Heinz und bewegte seinen Zeigefinger. So schnell konnte er seine Hand nicht zurückziehen, wie der Papagei ihn in den Finger hackte. Es war ein brennender Schmerz, der seine ganze Hand durchzog.

»Hör auf, die Vögel zu ärgern«, sagte Uschi, die neben ihm stand. »Kein Wunder, dass der nach dir schnappt.«

»Ich hab doch gar nichts gemacht«, entgegnete Heinz und legte seine andere Hand schützend um den Finger. Fast schon fluchtartig verließ er das Gehege und setzte sich auf eine der Parkbänke.

Uschi folgte wenige Momente später. Sie kramte in ihrer Handtasche, da ihr Handy eine Nachricht angekündigt hatte. »Das ist Tanja. Sie will nur wissen, ob es uns gut geht und wann ich mal wieder auf einen Kaffee zu ihr komme.«

»Du und deine Weiber«, sagte er missmutig.

Uschi nahm neben ihm Platz. »Heinz? Sag

mal. Sibylle hat mir gestern geschrieben, und sie meinte, ich soll dir ausrichten, dass sie den Karton entsorgt hat.«

Wie von einer Tarantel gestochen fuhr Heinz in die Höhe. »Ich möchte jetzt weitergehen. Wo sind denn schon wieder die anderen? Kann doch wohl nicht wahr sein.« Schnellen Schrittes entfernte er sich von Uschi. *Ach du meine Güte! Wie kann ich mich da bloß wieder rausreden?*

Rasch holte sie ihn ein. Er schnaufte, da der Weg bergauf führte.

»Also, was ist nun mit diesem Karton? Was ist da so Geheimnisvolles drin gewesen?«

»Ach, nichts«, murmelte Heinz und machte eine abwertende Handbewegung.

Uschi packte ihn am Unterarm und zog ihn zu sich zurück. »Heinz?«, sagte sie und legte einen ernsthaften Tonfall in ihre Stimme.

»Nichts, was dich etwas angehen könnte.«

»Wenn es mich nichts angehen würde, dann hätte Sibylle es doch nicht extra erwähnt.«

»Eine Überraschung für dich«, sagte er schlussendlich, doch das Lächeln auf seinen Lippen war nur aufgesetzt.

»Deswegen hat Sibylle es auch weggeworfen. Klingt logisch, ja.« Noch immer hielt sie ihn an seinem Arm fest, und er versuchte, sie abzuschütteln, doch sie ließ ihn nicht los. »Sag endlich die Wahrheit!«

Heinz entfuhr ein Seufzer, und es dauerte eine gefühlte Ewigkeit, bis er endlich sprach. »Es war ein Pizzakarton in meinem Kofferraum. Und den hat sie gefunden und weggeworfen. Deine Tochter ist eine echte Tratsche.«

»Du hast Pizza gegessen? Wann?«

»Am Freitag. Ich hatte so einen Hunger, und es war doch nichts Essbares da.« Unschuldig hob er seine Hände in die Höhe, senkte aber sofort seinen Blick.

»Ist das dein Ernst?« Sie ließ seinen Unterarm los.

Er traute sich nicht, ihr in die Augen zu sehen. Zu sehr nagte das schlechte Gewissen an ihm. Die Sache mit der Pizza hatte er doch schon längst wieder verdrängt gehabt, und er war froh gewesen, dass Uschi ihn gestern nicht darauf angesprochen hatte.

»Okay«, sagte sie noch und ging auf Cornelia und Peter zu, die bereits die Steigung zu der Showbühne hinaufschritten.

Okay? Wie ein Echo, das zwischen den Bergen hallte, klang es in seinem Hirn. *Was meint sie mit »Okay«?* Ein mulmiges Gefühl stieg in ihm auf. Hatte sie das nun einfach so akzeptiert? War das alles gewesen, was sie dazu sagen wollte, oder kam da noch mehr? Oder hielt sie sich zurück, weil das seltsame Ehepaar in der Nähe war? *Oh mein Gott! Lieber ein Ende mit Schrecken als ein Schrecken ohne Ende. Das kann sie doch nicht einfach so machen mit mir!*

Heinz beobachtete sie argwöhnisch. Sie unterhielt sich mit Cornelia, als die Gruppe weiter nach oben ging. Sie drehte sich zu ihm um und schenkte ihm ein Lächeln. Nun war er restlos verwirrt. Meinte sie das tatsächlich ernst? War es wirklich okay für sie?

»Uschi«, sagte Heinz und beschleunigte seinen Schritt.

»Ja, mein Schnuckiputzi?« Uschi grinste über das ganze Gesicht.

»Okay?«

»Ja, okay! Es ist gut eineinhalb Wochen her. Was soll ich dazu noch sagen?«

»Was ist denn los?«, mischte sich Cornelia ein. Auch Peter schaute interessiert.

»Ach, Heinz hat vor unserer Abreise eine Pizza gegessen, und da bin ich ihm soeben auf die Schliche gekommen. Und jetzt hat er ein schlechtes Gewissen.«

Cornelia lachte laut auf. »Das hat mein Peter in seinen jungen Jahren auch immer gemacht. Er hat alles gegessen, was er so fand. Aber ich passe da jetzt besser auf, und er hat keine Chance mehr. Nicht wahr, Peter?«

Peter nickte Heinz zu und schenkte ihm einen mitfühlenden Blick. Vielleicht würden die beiden doch noch Freunde werden. Schließlich hatte sie das gleiche Schicksal ereilt.

Heinz saß mit dem Rest der Truppe auf den Holzbänken, die wie eine Art Theater in Stufenform angeordnet waren.

»Die Show mit den Greifvögeln beginnt gleich«,

sagte Cornelia und tippte auf den Prospekt, den sie am Eingang bekommen hatte.

Die Musik setzte ohrenbetäubend laut ein. Der Moderator begrüßte seine Gäste dreisprachig.

Doch Heinz war mit seinen Gedanken weit weg. Er dachte darüber nach, ob Uschi nicht vielleicht doch recht hatte. Er schaute an seinem Körper hinunter und stellte fest, dass sein Bauch tatsächlich größere Ausmaße hatte als noch Monate zuvor. Sollte er wirklich abnehmen? Der steile Weg hierherauf hatte ihm einiges an Energie abverlangt, und seine Lunge brannte wie Feuer. Genauso wie seine Waden. Was könnte er alles von seinem Speiseplan streichen? Vielleicht den Kuchen in der Früh? Oder sollte er doch das Gemüse essen, das Uschi ihm immer so liebevoll drapierte? Noch bevor er zu einer Einigung mit sich selbst kam, spürte er den Luftzug, und als er aufsah, flog ein Adler direkt auf ihn zu. Er erschrak so sehr, dass er sofort seine Hände schützend über den Kopf hielt und sich in seiner Panik nach vorne beugte.

Die Besucher klatschten, als der Adler auf dem Podest oberhalb landete.

35

Mittwoch, Tag 12

»Heute bleiben wir aber hier, oder?«
Uschi musste lachen, als Heinz sie das beim Frühstück fragte. Sie nickte. »Ja, am Tag schon. Abends möchte ich gerne nach Mogán. Das soll ›Klein Venedig‹ sein. Dort können wir ein wenig bummeln. Was meinst du?«

»Wenn du willst, dann machen wir das.«

Oh, das sind aber ganz neue Töne von meinem Mann, dachte sie sich. »Woher kommt denn dein Sinneswandel?«

»Weißt du«, antwortete er und steckte sich ein Melonenstück in den Mund, »ich dachte mir, ab heute beginne ich ein neues Leben.«

Uschis Mund klappte auf und zu. Sie konnte kaum fassen, was sie aus seinem Mund vernahm. »Aha.« Das war das Wort, das sie mit Mühe und Not herausbekam.

»Ab heute wird alles anders werden.« Fast schon triumphierend sah er sie an. »Ich habe beschlossen abzunehmen.«

»Oh, das ist ja schön.« Sie klatschte vor Freude in die Hände. Endlich zeigte er Einsicht. Dass sie das noch erleben durfte! »Deswegen isst du heute auch Obst zum Frühstück?«

Er nickte als Antwort.

Schweigend aßen die beiden auf. Nachdem Uschi ihren Teller von sich weggeschoben hatte, blickte sie zu Heinz, der gerade von seinem Kaffee trank. »Wo möchtest du lieber hin? An den Strand oder an den Pool?«

»Ich denke, an den Pool. Da ist es weder zum Klo noch zum Trinkenholen zu weit zum Laufen. Das war am Sonntag schon eine Tortur. So was muss ich nicht noch mal erleben.« Er grinste, erhob sich, und sie gingen gemeinsam in ihr Hotelzimmer, wo sie sich die Badesachen holten.

Zugegeben, die Taxifahrt nach Mogán war nicht gerade teuer gewesen. Aber sehr abenteuerlich. Der Taxifahrer raste über die Straßen, als würde er von der Polizei verfolgt. Vielleicht nahmen die beiden bei der Rückfahrt doch lieber einen öffentlichen Bus.

»Schau mal. Ist das nicht schön hier?« Uschi zeigte auf einen der zahlreichen Balkone, die übersät waren mit blühenden Pflanzen in allen Farben.

»Ja, sehr schön.« Er griff nach ihrer Hand und legte sie in seine.

Das hat er schon lange nicht mehr gemacht! Wie ein frisch verliebtes Paar schlenderten sie die schmalen Gassen entlang. Immer wieder blieben sie nach wenigen Schritten stehen und ließen die Umgebung auf sich wirken. Besonders der Rundbogen, an dem sich verschiedene

Blumen von ihrer schönsten Seite präsentierten, faszinierte Uschi. Nach mehr als einer Stunde landeten sie am Hafen.

»So ein Boot ist schon was Schönes, oder?«, fragte Heinz nach einiger Zeit.

»Ja, aber viel zu teuer. Was denkst du, was dieses Boot dort kostet?«

Heinz lachte laut auf. »Also, das ist mit Sicherheit in der obersten Preisklasse. Das ist eine Luxusjacht. Was mir vorschwebt, wäre eher so was.« Er zeigte auf ein kleines Segelboot. »Ich habe gesehen, dass man diese auch gebraucht kaufen kann. Und da kostet so eins nicht mal fünfzehntausend Euro.«

Sie blickte ihn erstaunt an. Seit wann interessierte er sich für Boote? Bisher war es in seinem Leben immer nur um Campingwagen gegangen. Und nun? Hatte er vor zu segeln?

»Woher weißt du das denn so genau?«

»Ich habe vor zwei Wochen einen alten Freund wiedergetroffen. Der hat mir das erzählt. Du musst wissen, er hat in Kroatien eine Segelschule. Dort kann man den Segelschein machen.«

»Heinz«, hauchte sie. »Das sind ja ganz neue Seiten an dir. Wie kommst du auf Segeln?«

Er drehte sich zu ihr und schaute ihr tief in die Augen. »Weißt du, da du ja in zwei Jahren auch in Pension bist, dachte ich mir, wir könnten doch mal etwas Neues erleben. Dann sind wir ungebunden.«

»Das heißt, dein alter Freund hat dich auf neue Ideen gebracht.«

»Ja, auch. Bisher war es nur ein Traum. Aber

jetzt will ich ihn erfüllen und alles vorbereiten, dass wir starten können, wenn du so weit bist.«

Zärtlich küsste er sie, und die letzten Sonnenstrahlen des Tages strichen den beiden sanft über die Gesichter.

36

Donnerstag, Tag 13

»Mir ist langweilig«, sagte Heinz und drehte seinen Kopf zu Uschi.

»Ach, Heinz. Du wolltest doch die letzten beiden Tage hier genießen und dich ausruhen.«

»Ja«, nuschelte er und setzte sich aufrecht auf der Liege hin. Er schaute sich um. Ihn nervten die spielenden Kinder, die einen Höllenlärm im Pool veranstalteten, sodass er nicht einschlafen konnte. Seine Zeitschriften waren ausgelesen. Also, was tun?

»Was willst du denn machen?«, fragte Uschi, doch Heinz stand bereits auf und zog sich sein T-Shirt und seine Shorts an.

»Ich werde auf die Toilette gehen und mir etwas zum Trinken holen an der Bar. Willst du auch etwas?«

»Nein, danke. Ich hab alles. Dann bis gleich«, sagte sie und wandte sich wieder ihrem Reader zu.

Eine angenehme Kühle traf ihn, als er die Hotellobby betrat. Nachdem er erleichtert von der Toilette kam, schaute er in den Speisesaal. Der Geruch der leckeren Gerichte drang sofort in seine Nase.

»*Du musst widerstehen*«, flüsterte ihm das Engelchen in sein Ohr. »*Auf keinen Fall darfst du jetzt etwas essen, sonst kannst du es Uschi nicht beweisen, dass du es mit der Diät ernst meinst.*«

Sein Magen grummelte und gluckste. *Mist, ich habe Hunger,* dachte er. *Ich werde mir ein wenig Obst holen, und das war es dann.*

Mit diesem Vorsatz ging er in den Saal hinein. Vorbei an den dampfenden Speisen. Seine Magenwände klatschten voller Vorfreude Beifall.

Immer wieder drang die Stimme in seinen Gehörgang: »*Nein, Heinz. Du darfst das nicht essen! Du bist auf Diät. Nimm dir ein Stück Wassermelone. Das wird deinen Hunger stillen.*«

Direkt neben dem Obsttresen war das Kuchenbüfett aufgebaut, an dem er vorbeigehen musste. Traurig liebäugelte er mit dem Schokoladenkuchen. Der war besonders lecker, und ihm kam es so vor, als flüsterte ihm dieser zu: »*Nimm mich!*« Oder vielleicht war es das Teufelchen auf seiner anderen Schulter, das ihn wieder zu einer Sünde hinreißen wollte.

Kurz schloss er die Augen und atmete tief durch. Was natürlich ein Fehler war, da er dadurch den süßen Geruch stärker wahrnahm, was die Lust auf Süßes verstärkte.

Wieder gluckste es in seiner Magengegend. Doch diesmal blieb er stark und wandte sich schweren Herzens der Obsttheke zu. Doch nichts von dem, was er dort sah, erweckte seine Aufmerksamkeit.

»*Bestell dir doch einen Cocktail an der Bar*«, flüsterte ihm das Engelchen zu. Natürlich, das würde seinen Hunger stillen, zumindest für den Moment. Fast schon hätte er laut Danke gesagt. Gerade noch so hielt er inne und bedankte sich nur im Geiste.

Voller Tatendrang schritt er aus dem Speisesaal hinaus, schnurstracks zur Bar. Er war der einzige Gast weit und breit.

»*¿Sí, Señor?*«, empfing der Barkeeper ihn mit einem freundlichen Lächeln.

»Einen Cocktail bitte.«

»*Cómo? No entiendo.*«

Anhand der Gestik und des entsetzten Gesichtsausdruckes des Barkeepers schlussfolgerte Heinz, dass dieser seine Sprache nicht sprach. *Oh Mann, jetzt spricht er kein Deutsch! Und ich kein Spanisch. Das kann ja heiter werden!*

Somit blätterte Heinz in der Karte, die vor ihm lag. Das Bild eines Cocktails mit einer Ananas als Garnitur am Glasrand und einer hellen Flüssigkeit im Glas sah für ihn am besten aus. Was genau der Inhalt war, konnte er nicht herausfinden, da die Zutatenliste auf Spanisch war. Er tippte auf das Bild und wippte mit seinem Finger hin und her. »Kein Alkohol!« Er wusste, Alkohol hatte viele Kalorien, davon abgesehen würde Uschi ihm die Hölle heiß machen, wenn er sich schon mittags betrank.

»*Sí, Señor. No alcohol.*« Auch der Barkeeper wippte mit seinem Zeigefinger.

Heinz fühlte sich großartig. Nicht nur, dass er der Versuchung hatte widerstehen können, sich ein Stück Kuchen zu greifen. Nein, er hatte es auch noch geschafft, sich einen gesunden Cocktail zu bestellen. Uschi würde so stolz auf ihn sein! Er grinste innerlich, und schon wenige Momente später stand sein Cocktail vor ihm, und der erste Schluck verriet ihm, dass es sich hierbei um ein Ananas-Kokos-Getränk handeln musste. Er war so durstig, dass er dieses nicht mal genießen konnte, sondern es hastig austrank. Daraufhin tippte er auf sein Glas und zeigte dem Barkeeper zwei Finger. Dieser nickte nur. Toll! *Wir zwei verstehen uns wortlos.* Er wollte Uschi damit überraschen. Heute war schließlich der zweite Tag seines neuen Lebens.

37

Donnerstag, Tag 13

Im ersten Moment konnte Uschi es kaum fassen, als Heinz ihr den Cocktail in die Hand drückte.

»Schau mal, Mausi. Ich hab dir etwas Gesundes mitgebracht. Mit Ananas und Kokos. Das magst du doch auch gerne.«

Ungläubig starrte sie in das Glas hinein. Dann hielt sie ihre Nase darüber und stellte zu ihrem Entsetzen fest, dass es sehr süßlich roch. Als sie zu Heinz aufschaute, sah sie, dass er mit stolzgeschwellter Brust dastand und ein strahlendes Lächeln auf den Lippen hatte.

»Heinz? Das ist vieles, aber sicher nicht gesund.« Sie nippte daran. Das süßliche Aroma des cremigen Schaums breitete sich sofort in ihrem Mund aus.

»Sicher ist das gesund. Ananas mit Kokos, was soll daran verkehrt sein? Und sogar ohne Alkohol. Gerade Alkohol hat so viele Kalorien.«

Sie musste lachen. Allein die Tatsache, dass er der Überzeugung war, alles richtig gemacht zu haben, fand sie total süß. »Schnuckiputzi«, begann sie ihren Satz und versuchte, ihre Worte nun sorgfältig zu wählen. »Ich finde es schön, dass du dir Gedanken machst. Das ist eine Piña Colada. Somit ist in diesem Getränk Sirup, der natürlich voller Zucker ist. Außerdem ist da noch Sahne drin. Also so gesund, wie du es dir gedacht hast, ist der Cocktail nicht.«

Bei jedem Wort, das sie sprach, sanken seine Mundwinkel weiter nach unten, bis er schlussendlich wie ein geprügelter Hund auf seiner Liege saß.

Sie legte ihre Hand in seine und sagte: »Weißt du was? Wir werden gemeinsam zur Bar gehen und uns dort einen Smoothie holen. Das schmeckt gut und ist gesund. Und den Cocktail lassen wir stehen. Was hältst du davon?«

»Aber ... aber ich habe doch schon einen getrunken.«

»Was? Einen Smoothie?«

»Nein, einen Cocktail. Ich dachte wirklich ...«

»Aber, Schnuckiputzi. Du hast es nur gut gemeint. Ist doch nicht so schlimm.« Sie streichelte über seinen Handrücken.

»Ich wollte mir zuerst Obst holen, da ich Hunger hatte.« Er seufzte.

Sofort dachte Uschi daran, dass das Kuchenbüfett direkt neben dem Obst stand, und ahnte Schlimmes. »Ja? Und hast du dir stattdessen einen Kuchen genommen?«

Entrüstet schaute er sie an und schüttelte energisch den Kopf. »Nein, hab ich nicht.«

»Heinz. Du machst es gerade besonders spannend.« Sie lächelte, und er erwiderte ihr Lächeln.

»Nicht mal ein Kuchenkrümelchen hat meine

Zunge berührt, obwohl mir das Wasser im Mund zusammengelaufen ist.«

»Sehr gut gemacht! Ich bin wirklich stolz auf dich.«

Ein siegessicheres Lächeln thronte in seinem Gesicht.

Es war kurz vor Sonnenuntergang, als Heinz sagte: »Komm, wir gehen am Strand spazieren.«

Sie hatte ihn zwar verwundert angeschaut, aber innerlich freute sie sich über seinen Sinneswandel. Auch als Heinz sich ein Handtuch über die Schulter legte, sagte sie nichts.

Sie waren schon mehrere Meter vom Leuchtturm entfernt. Heinz lief mittlerweile nur noch mit seiner Badehose, da er sich Minuten zuvor ins Wasser gestürzt hatte und die Hose trocknen musste. Er schlenderte neben ihr her und ließ sich die Wellen über seine Füße laufen. Die beiden sprachen kein Wort. Jeder genoss auf seine Weise die Ruhe, die das Rauschen des Meeres in ihnen auslöste.

»Weißt du, was mich gerade beschäftigt?«, sagte Heinz und blieb ruckartig stehen. »Was hältst du davon, wenn wir hier überwintern? Also ich meine wirklich mal für drei, vier Monate hier auf der Insel bleiben? Natürlich erst, wenn du in Pension bist.«

Sie glaubte, sie hatte sich verhört. »Echt? Ich dachte, du willst segeln gehen.«

Er grinste, und seine Augen strahlten wie bei einem Kind, das den Weihnachtsbaum sah. »Wir können ja beides machen.«

Er zog sie ganz nahe zu sich heran und drückte ihr einen Kuss auf.

Freitag, Tag 14

»Heute ist unser letzter Urlaubstag«, sagte Heinz, der gerade aus dem Pool kam und nach seinem Handtuch griff. Mittlerweile genoss er sogar das kühle Nass.

»Wollen wir ein wenig später an den Strand gehen?«, fragte Uschi und schaute von ihrem Reader hoch.

Ein Blick auf Heinz' Armbanduhr zeigte 14:17 Uhr. Er hielt inne und überlegte. »Ja, ich möchte noch trocken werden, dann können wir gehen.«

»Du kannst dir auch eine andere Badehose anziehen, dann können wir gleich los.«

»Ich wiederhole«, sagte Heinz mit forscherem Tonfall, »ich möchte trocken werden, dann können wir gehen.«

Sie hob abwehrend ihre Hände. »Schon gut, schon gut. Ich meinte ja nur. Du bist heute aber zickig drauf.« Mit diesen Worten nahm sie ihren Reader wieder in die Hand und starrte auf das Display.

Heinz legte sich bäuchlings auf die Liege. Die Wassertropfen auf seiner Haut waren schnell getrocknet, aber die Badehose wollte nicht so, wie er es wollte. Somit stand er wieder auf, schob die Hälfte der Liege in die Sonne und legte sich wieder hin.

Uschi schaute ihm zwar argwöhnisch zu, sagte aber nichts.

Seine Füße brannten schon, als er endlich das Gefühl hatte, im Trockenen zu liegen. Ruckartig setzte er sich auf und blickte zu Uschi. Ihr Reader lag auf ihrem Bauch, die rechte Hand Zentimeter daneben. Zwar hatte sie eine Sonnenbrille auf, aber Heinz war sich sicher: Sie schlief tief und fest. Zumindest verrieten ihm das ihre gleichmäßigen Atemzüge. *Toll, jetzt ist sie auch noch eingeschlafen. Aber zuerst hetzen wollen.*

Ihm war warm, doch in den Pool wollte er nicht mehr. Denn dann dauerte es wieder so lange, bis seine Badehose trocken wurde. Das ging auf keinen Fall. Er könnte sich wieder hinlegen, doch zuerst müsste er seine Liege zurück in den Schatten stellen, was Lärm verursachen und ihm dann schlussendlich Stress mit Uschi einbringen würde. Also das ging auch nicht. Aber was tun?

Da kam ihm eine Idee. Natürlich! Um die Ecke war ein Supermarkt. Da könnte er kaltes Trinken besorgen, das sie dann an den Strand mitnehmen könnten. Das würde Uschi sicher freuen. Vorsichtig erhob er sich, und bei jedem Geräusch, das er machte, zuckte er zusammen und warf Uschi einen prüfenden Blick zu.

39

Freitag, Tag 14

Schlaftrunken öffnete Uschi ihre Augen. Zuerst musste sie überlegen, wo sie sich befand, doch schon im nächsten Moment hörte sie die Kinder, die laut tobten.

Sie neigte ihren Kopf zur Seite und sah Heinz' leere Liege. Mit ihren Händen stemmte sie sich hoch und schaute zum Pool. Vielleicht war er ins Wasser gegangen. Doch dort sah sie ihn nicht. *Wo ist er denn schon wieder?*

Seine Hose und auch sein T-Shirt lagen nicht mehr auf dem kleinen Tisch neben der Liege. War er auf die Toilette gegangen? Oder aufs Zimmer? Aber was sollte er im Zimmer wollen?

Sofort kramte sie in der Badetasche und fand nach kurzem Suchen die Zimmerschlüssel. *Gut, im Zimmer ist er also nicht.* Sie beugte sich weiter nach vorne und schaute ins Foyer. Doch auf den ersten Blick sah sie ihn dort auch nicht. Sie verstaute die Schlüssel wieder, stand auf und zog sich ihr Kleid über. Noch ein prüfender Blick in den Pool. Nein, da war er wirklich nicht.

Nach wenigen Schritten war sie in der Empfangshalle des Hotels angelangt. Auch dort keine Spur von Heinz. Die Tür vom Speisesaal war geschlossen. Nur die Mitarbeiter, die jetzt bereits alles für das allabendliche Büfett vorbereiteten, waren zu sehen. Sie drehte sich zur Bar um. Dort saßen ein junges Paar, vermutlich ganz frisch verliebt, zumindest den Blicken nach zu urteilen, und eine Frau. Allerdings nicht ihr Heinz. *Er kann nur mehr auf der Toilette sein,* dachte sie sich und nahm auf einem der Sofas, die im Foyer standen, Platz. Von hier aus hatte sie die Tür zu den Toiletten gut im Blick.

Nach gefühlten Stunden des Wartens und sieben Männern, die hineingegangen und wieder herausgekommen waren, wurde es ihr zu bunt. Sie glaubte nicht mehr daran, dass er nach so einer langen Zeit wirklich noch auf dem Klo war. Aber wenn er nicht hier war, wo war er dann?

»Warum rennt er immer fort, wenn ich schlafe? Ich verstehe das nicht«, murmelte sie leise vor sich hin.

Sie schlussfolgerte, dass er sich nicht mehr im Hotel befinden konnte, somit trat sie durch die Eingangstür hinaus auf die Straße. Sie schaute nach links und dann nach rechts. Kein Heinz in Sichtweite.

»Mist«, sagte sie. »Ich kann nirgends hingehen, weil ich nicht weiß, wo er hin ist. Ich könnte ihn mal wieder erwürgen.«

Sie kniff ihre Augen zusammen und versuchte, am Kreisverkehr mit den Palmen in der Mitte, der direkt vor dem Hotel war, vorbeizusehen, um einen Blick auf den Bürgersteig der Hauptstraße zu erhaschen. Plötzlich sah sie einen Mann, der von der Statur her Heinz ähnelte und langsam mit einer Plastiktüte in ihre Richtung schlenderte. Irgendetwas hielt er in der anderen Hand, was Uschi nicht erkennen konnte.

Schnurstracks machte sie sich auf den Weg zu ihm. Mit jedem Schritt, den sie ihm näher kam, war sie sich sicherer, dass es sich wirklich um ihren Mann handelte. Und vor allem war sie sicher, was er in seiner Hand hielt. Innerlich stieg wieder der Zorn in ihr auf. Erst gestern hatte er Besserung gelobt. Und nun? Wieder alles für den Arsch!

Sie war noch einige Meter von ihm entfernt, da entdeckte er sie. Panisch versuchte er, sein Eis, an dem er Sekunden zuvor noch genussvoll geschleckt hatte, irgendwo zu verstecken. Schlussendlich ließ er die rechte Hand hinter seinem Rücken verschwinden.

Der denkt wohl, ich bin komplett doof.

»Sag mal, hast du sie noch alle?«, fuhr sie ihn an.

Er riss seine Augen weit auf. »Ich hab doch nur etwas zu trinken besorgt für den Strand.« Mit einer Unschuldsmiene hob er die Plastiktüte ein Stück höher.

»Und was hast du in deiner Hand?«

»Die Tüte?«

»Heinz! In deiner rechten Hand!«

Er streckte ihr seine rechte Hand entgegen, mit der Handfläche nach oben. Sie war leer. Sie schob ihn unsanft zur Seite, und genau hinter ihm lag ein Wassereis auf dem Gehweg.

»Und was ist das?«, sagte Uschi und zeigte mit dem Finger darauf.

»Keine Ahnung! Ich weiß nicht, wie das hierherkommt.« Er hob seine Schultern, konnte ihr aber nicht in die Augen blicken.

»Ich hab dich gesehen. Schon lange, bevor du mich gesehen hast. Gestern noch hast du geschworen, dass du dich bessern willst, und heute wirfst du schon wieder alle guten Vorsätze über den Haufen. Heinz, das geht so nicht. Ehrlich nicht.«

»Es ist nur ein Wassereis«, verteidigte er sich. »Zuerst wollte ich mir ein Vanilleeis mit Waffel kaufen, aber dann dachte ich mir, dass ein Wassereis sicher besser ist für meine Figur.«

»Gar kein Eis wäre noch besser gewesen«, sagte Uschi, musste aber schmunzeln über seine Ausführung. »Zumindest hast du Kalorien gespart. Das muss ich dir zugutehalten. Komm! Lass uns an den Strand gehen. Und wehe, du lässt mich wieder allein.«

Er lachte laut auf, und sie hakte sich bei ihm ein.

Samstag, Tag der Abreise

Heinz hatte schon beim Verlassen des Zimmers ein Handtuch um seine Schultern gelegt. Die Koffer rollte er hinter sich her, als er und Uschi im Erdgeschoss des Hotels ankamen. Die Zimmerschlüssel klimperten in Uschis Hand.

»Was willst du denn mit dem Handtuch? Pack das in den Koffer, bitte«, sagte Uschi und zeigte auf einen der beiden Koffer.

»Der Bus, der uns abholt und zum Flughafen bringt, kommt erst in einer Stunde. Da hab ich genug Zeit, dass ich noch in den Pool springen kann.«

»Du kannst jetzt nicht mehr schwimmen gehen.« Sie verschränkte ihre Arme vor der Brust und stampfte ungeduldig mit dem rechten Fuß auf.

Er grinste. »Das ist so nicht richtig. *Können* tu ich auf jeden Fall.«

Doch Uschi schüttelte den Kopf. »Nein, kannst du nicht. Weil dann ist das Handtuch nass. Und das kommt mir so nicht in den Koffer.«

Nur einen kurzen Moment dachte er nach. Dann zuckte er mit den Schultern und sagte:

»Dann bleibt es halt da. Wie du meinst.« Noch während er sprach, drehte er sich um und ging einige Schritte.

»Halt!« Uschis Stimme ertönte in einem Befehlston, und er blieb stehen.

»Warum? Wir haben doch alles geklärt.«

»Gar nichts ist geklärt. Ich habe gesagt, du kannst jetzt nicht mehr schwimmen gehen.«

»Und ich habe gesagt, das Handtuch bleibt da. Und somit ist *dein* Problem gelöst.« Bei dem Wort *dein* deutete er mit dem Zeigefinger auf sie.

»Das Handtuch hat fünfzehn Euro gekostet.«

Er lächelte süffisant und nickte zustimmend. »Ja, was von *meinem* Geld bezahlt wurde. Somit ist es *mein* Handtuch, und ich kann damit machen, was ich will.«

»Nein, kannst du nicht. Weil was dir gehört, gehört auch mir.«

»Klar, deswegen bezahle ich auch immer alles. Verstehe.«

Sie machte eine wegwerfende Handbewegung. »Das ist nicht richtig. Letztens habe ich bezahlt.«

Ein Grinsen zog sich über sein Gesicht. »Den Automatenkaffee am Wiener Flughafen meinst du? Der für zwei Euro? Weil ich kein Kleingeld hatte?«

Sie stemmte zuerst ihre Hände in die Hüften, dann tippte sie sich auf ihren Brustkorb. »Ich habe bezahlt. Somit ist deine Aussage nicht richtig.«

»Schau mal. Da drüben stehen Cornelia und Peter. Willst du nicht rübergehen und ihnen Hallo sagen?« Er zeigte auf die beiden.

»Ja klar. Lass uns das machen. Dann können wir uns auch gleich verabschieden.«

Sie nahm ihn am Unterarm und setzte gerade zum Schritt an, da sagte Heinz: »Nimm doch gleich unsere Koffer mit.«

Fassungslos blickte sie ihn an. »Die kannst doch du mitnehmen.«

Das Teufelchen auf seiner Schulter flüsterte ihm die Worte ein, die er Millisekunden später aussprach: »Ich muss noch auf die Toilette. Deswegen kann ich mich nicht um die Koffer kümmern.«

»Dann mach schnell. Ich warte hier auf dich. Dann können wir gemeinsam rübergehen.«

»Das wird eine längere Sitzung. Geh doch schon mal vor, Mausi.« Er zupfte nervös an seinem Handtuch.

»Nein, ich rolle doch keine Koffer. Die sind mir zu schwer. Da warte ich lieber auf dich.«

Er nickte, drehte sich wieder in Richtung Pooleingang und grinste. Er war schon einige Schritte entfernt und näherte sich seinem Ziel, da hörte er sie telefonieren.

»Ja, hallo Sibylle. Schön, dass du anrufst, Kleines.«

Er beobachtete Uschi, die den Koffern den Rücken zudrehte und davon wegging. Kopfschüttelnd und mit einem lauten Seufzer schlurfte er wieder zurück. *Die Koffer darf man hier doch nicht unbeaufsichtigt lassen. Die sind schneller weg, als man schauen kann. Dabei haben die ein Vermögen gekostet. Als ob Uschi das nicht selbst gesagt hätte.*

»Ja, Papa geht es auch gut. Er nörgelt halt an allem rum. Aber so ist er nun mal.« Sie lachte.

Er bewegte hinter ihrem Rücken verächtlich seinen Mund und äffte ihre Worte nach.

»Genau, ja. Heute um achtzehn Uhr zehn landen wir. Super, ja. Toll, dass du uns abholst.«

Heinz schaute genervt zu ihr und nestelte wieder an seinem Handtuch. Ein Blick durch die Glasscheibe in Richtung Pool ließ die Sehnsucht nach Abkühlung erneut in ihm aufflammen.

»Super, dann sehen wir uns ja bald.«

Uschi stand noch immer mit dem Rücken zu ihm. Bei ihren Abschiedsworten winkte er und schickte überschwänglich Kusshände. *Endlich ist sie mit Telefonieren fertig, und ich kann mich in den Pool begeben.* Doch er hatte die Rechnung ohne seine redselige Tochter gemacht.

»Ach so? Was ist denn passiert?« Uschis Stimmlage wurde sehr ernst.

Neugierig ging er einen Schritt näher und beugte sich nach vorne, um das Gespräch mithören zu können.

»Wirklich? Also, das ist ja unfassbar.« Uschi hielt ihre Hand vor den Mund.

Heinz rückte noch ein Stück näher an sie heran und versuchte, sein Ohr ans Handy zu halten.

Anscheinend war es zu nahe, denn Uschi drehte sich zu ihm und schaute ihn verständnislos an. »Sibylle, warte mal kurz. Papa stört mich gerade. Einen kurzen Moment, Kleines.« Als ihn ihr Blick traf, hob er schützend seine Hände in die Höhe. »Lass mich in Ruhe mit deiner Tochter sprechen. Es ist wichtig.«

»Ich hab ja nichts gemacht. Aber kannst du auf die Koffer aufpassen? Ich muss auf die Toilette.« Er kniff seine Oberschenkel zusammen und machte X-Beine, um die Notwendigkeit zu untermalen.

»Stör mich jetzt nicht. Du musst halt warten«, sagte Uschi und drehte ihm und den Koffern wieder den Rücken zu.

Heinz atmete tief durch und schaute zum Pool, in dem er sich selbst schon schwimmen sah.

»Nein, nein. Keine Sorge. Ich hab Zeit. Erzähl nur, Liebes.«

Er tippte auf seine Armbanduhr und hob seine Hand in die Höhe. Dann tippte er mit dem Zeigefinger auf sich und machte Schwimmbewegungen. Gerade in diesem Moment, als ob sie es gespürt hätte, drehte sie sich zu ihm um. Er erstarrte blitzartig, legte ein künstliches Lächeln auf seine Lippen und winkte ihr zu.

Sie winkte ihm zurück und sprach ins Handy. »Nein? Wirklich?«

Seine Handbewegung stoppte, als sie ihren Blick von ihm nahm. Er näherte sich ihr wieder einen Schritt.

»Das kann er doch nicht bringen. So was ist doch ungeheuerlich.«

Er trat noch einen Schritt näher an Uschi heran.

»Also, beim ersten Date solche Schuhe anzuziehen. Furchtbar. Ist gut, dass du den in den Wind geschossen hast.«

Er konnte im ersten Moment nicht begreifen, worum es in diesem Gespräch wirklich ging. Es dauerte Sekunden, bis er seine Hände faltete und gen Himmel richtete. Er sprach wortlos ein Stoßgebet aus.

»Natürlich verstehe ich das. Ungeheuerlich, dass du auch noch deinen Kaffee selbst bezahlen musstest.«

Er formte die Finger seiner linken Hand zu einem Pacman. Dann wiederholte er dies mit seiner rechten Hand, und schlussendlich fraßen die rechten Finger die linken. Uschi richtete ihren Blick wieder auf ihn. Sofort ließ er seine Hände in den Hosentaschen verschwinden und blickte zu Boden.

»Ich muss jetzt Schluss machen. Der Bus kommt gleich, und dein Vater ist schon wieder ungeduldig. Du kennst ihn ja. Bei ihm muss alles genau nach Plan laufen. Ich bin ja froh, dass er noch hier steht und nicht schon mit den Koffern draußen vor dem Hotel in der Hitze wartet.« Sie steckte ihr Handy in die Handtasche.

Mit leicht genervtem Unterton sagte Heinz: »Kannst du jetzt auf die Koffer aufpassen?«

»Ja, natürlich. Aber lass das Handtuch hier. Das brauchst du doch nicht auf dem Klo.« Gerade als sie nach dem Handtuch greifen wollte, ging er einen Schritt zurück und legte schützend seine Hand darauf.

»Doch, das brauch ich.«

»Was willst du denn damit?«

»Das brauche ich zum Händeabtrocknen.« Fast hätte er sich für diese Idee selbst auf die Schulter geklopft.

»Aber es gibt doch einen Händetrockner. Den kannst du doch benutzen.«

»Nein«, antwortete Heinz und machte eine künstlerische Pause. »Der ... der ist umweltschädlich.«

»Was soll denn da der Umwelt schaden? Das verstehe ich jetzt nicht.«

»Na, so ein Trockner erzeugt Kohlendioxid. Und das wiederum ist verantwortlich für den Klimawandel.« Diese Antwort war noch besser als die zuvor. Er lief gerade zur Bestform auf.

»Ach, so ein Quatsch. Gib das Handtuch endlich her. Und beeil dich. Der Bus kommt gleich.« Ein belustigtes Lächeln zog sich über ihre Lippen.

Allerdings fand Heinz das gar nicht lustig. »Nein, ich nehme das Handtuch mit. Ich will es benutzen. Oder möchtest du, dass ich an dem gefährlichen Gas im Waschraum sterbe?«

»Nein, natürlich nicht, mein Schnuckiputzi. Du kannst aber auch die Papiertücher verwenden.«

»Da sind aber keine mehr in dem Spender.«

»Das kannst du doch gar nicht wissen.« Es folgte eine abwertende Handbewegung.

Er streckte wissend sein Kinn höher. »Das weiß ich.«

»Woher denn? Du warst doch heute noch gar nicht dort.«

»Aber gestern. Und da waren keine Papiertücher.«

Zuerst kam von ihr als Reaktion ein Nicken,

und er dachte schon, dass er diesmal gewonnen hätte und endlich von dannen ziehen könnte. Doch ihre Worte zerstörten seine Illusionen sofort. »Die Spender sind doch längst wieder aufgefüllt worden.«

»Aber das kannst du nicht wissen. Und aus Sicherheitsgründen will ich mein Handtuch mitnehmen. Wo soll ich sonst meine Hände abwischen?«

»Du kannst sie an deiner Hose abwischen. Bei den Temperaturen hier trocknet das ja eh gleich«, sagte Uschi und zeigte auf seine Shorts.

»Sicher nicht. Was werden die Leute denken, wenn sie meine nassen Fingerabdrücke sehen?«

Amüsiert antwortete sie: »Dass du keinen Trockner oder keine Papierhandtücher benutzt hast?«

Lustig, sehr lustig. Er hatte die Diskussion so satt. »Jetzt lass mich endlich gehen.«

Mit flotten Schritten entfernte er sich von ihr, doch plötzlich rief sie ihm nach: »Beeil dich. Der Bus ist da!«

Mitten in der Bewegung erstarrte er zu Stein. Noch ein letztes Mal schaute er zum Pool. Gerade war jemand dort hineingesprungen, und er hörte das Platschen des kühlen Nasses. Sein Kopf sank zu Boden. Nun war alles vorbei.

»Schnuckiputzi. Du sollst dich beeilen, hab ich gesagt.«

Er nahm sein Handtuch von der Schulter und drückte es ihr missmutig in die Hand. »Kannst du einpacken.«

Momente später war das Handtuch im Koffer

verschwunden. Die anderen Gäste, die auch in den Bus wollten, stellten sich schon in der Menschenschlange an.

Heinz schaute zu Uschi. »Wir sollten nächstes Jahr wiederkommen.«

»Ja, wirklich? Hat es dir hier auch so gut gefallen wie mir?« Anhand des Strahlens in ihrem Gesicht konnte er ablesen, welche Freude ihr seine Worte machten.

»Aber wir werden etwas ändern.«

»Was willst du denn ändern?«

»Nächstes Mal nimmst du deine Freundin mit.«

»Nein, ganz bestimmt nicht. Der Urlaub soll doch uns als Paar guttun.«

»Wird er ja auch. Wir haben doch dann einen Pärchenurlaub. Du mit deiner Freundin und ich mit meiner Poolliege.« Er grinste zufrieden, und sie lachte.

»Ich verspreche dir, beim nächsten Urlaub gibt es mehr Erholung und weniger Ausflüge.«

-ENDE-

Lieber Leser, liebe Leserin.

Herzlichen Dank für den Kauf dieses Buches. Vielleicht fragen Sie sich, wie eine Thrillerautorin auf die Idee kommt, eine humorvolle Urlaubsstory zu schreiben. Die Idee dazu entstand durch ein Gespräch mit meiner lieben Freundin Eva Maria Hurt. Eigentlich war es zu Beginn nur eine Art Wunsch, ein humorvolles Theaterstück zu schreiben und dieses hier auf der schönen Kanareninsel Gran Canaria aufzuführen. Zusammen mit Eva und auch mit Christian Schratt vom deutschen Theater auf Gran Canaria habe ich an dem Stück gefeilt, um es bühnenreif zu bekommen. Es wird in der Saison 2019/2020 hier aufgeführt. Und nachdem mir das Schreiben dieses Stückes so viel Spaß gemacht hat, erscheint nun das Buch mit Heinz und Uschi.

So wie in jedem meiner bisher erschienenen Bücher bedanke ich mich bei allen Mitwirkenden, die dieses Buch, so wie Sie es jetzt in Ihren Händen halten, überhaupt erst möglich gemacht haben:

An erster Stelle kommt mein Lieblingsmensch. Danke, dass du immer für mich da bist. Ohne dich wäre das Schreiben nur halb so lustig.

An zweiter Stelle steht natürlich Sascha, mein

absoluter Lieblingslektor. Auf dich ist immer Verlass, und deine Anregungen finde ich toll. Du nimmst kein Blatt vor den Mund, wenn dir mal etwas nicht gefällt. Danke, dass du in meinem Team bist und mir immer eine Entscheidungshilfe gibst.

An dritter Stelle, aber nicht weniger wichtig, kommen meine Testleserinnen Bianca, Corinne, Franziska, Birgit, Anja, Verena und auch mein Testleser Roland Blümel, die es wieder einmal geschafft haben, auch den kleinsten Fehler in meiner Geschichte aufzudecken. Ich bin froh, euch alle in meinem Team zu haben.

Diesmal muss ich Renee einen besonderen Dank aussprechen. Nicht nur, weil er ein absolutes Hammer-Cover für meine Geschichte erstellt hat. Sondern auch, weil er das zeitlich super hinbekommen hat und pünktlich zum Abgabetermin fertig war. Danke, lieber Renee, für deine tollen Ideen und dass du für meine Aufträge auch immer noch ein freies Plätzchen in deinem sonst so vollen Terminkalender findest.

Auch einen herzlichen Dank an meinen Autorenkollegen Marcus Erhardt für seine Unterstützung jeglicher Art. Auch wenn wir uns meistens nicht einig sind und es eine Endlos-Diskussion wird ;-)

An dieser Stelle möchte ich mich auch bei allen

meinen Buchbloggern bedanken für die großartige Unterstützung, die ich bei jeder Buchveröfflichung von euch bekomme. Und natürlich auch für den Spaß, den wir gemeinsam haben.

#Miteinanderstattgegeneinander

Und auch an Sie, liebe Leserin, lieber Leser, ein Dankeschön. Ich hoffe, es hat Ihnen Spaß gemacht und ich durfte Sie ein paar Stunden mit einer lustigen Story unterhalten. Ich freue mich, Sie in meinem nächsten Thriller, der voraussichtlich Ende 2019 im Handel erscheint, wieder begrüßen zu dürfen.

Ich freue mich in der Zwischenzeit über Ihren Besuch auf meinen Seiten. Melden Sie sich doch auch gleich zum Newsletter an, um nie wieder Neuigkeiten zu meinen Büchern zu verpassen.

Facebook: Autorindrea
Instagram: dreasummer1978
www.dreasummer.com

Ihre
Drea Summer

Tu, was ich dir sage

Gran-Canaria-Thriller Band 2

Als ein Toter auf dem Parkplatz des Zoos Palmitos Park auf Gran Canaria gefunden wird, ist es vorbei mit der ungetrübten Urlaubsidylle. Die Polizei kommt zu der Erkenntnis, dass es sich um einen Selbstmord handelt. Der Tote galt bereits sieben Jahre als vermisst. Warum taucht er ausgerechnet jetzt auf? Und wo war er die ganze Zeit?

Tage später verschwindet der deutsche Urlauber Leo spurlos aus einer Diskothek in Playa del Inglés. Inspektor Carlos Muñoz Díaz ermittelt, doch bald entwickelt sich der Fall für ihn zu einer persönlichen Tragödie. Stück für Stück offenbart sich ein Abgrund unmenschlicher Abscheulichkeit.

Du bist mein Besitz

Gran-Canaria Thriller Band 3

In einer Gasse in Playa del Inglés stirbt Svens Ex-Freundin Dörte in seinen Armen an einer Stichverletzung. Sven flieht Hals über Kopf, da er befürchtet, man könne ihm aufgrund seiner düsteren Vergangenheit die Schuld an Dörtes Tod geben. Die Prostituierte Aurelia, die in einem Bordell gegen ihren Willen festgehalten wird, vermisst ihre Freundin Malia, die seit Tagen verschwunden ist. Sie begibt sich auf eine gefährliche Suche.

Kurz darauf tauchen zwei weitere Leichen auf. Handelt es sich dabei um die Verbrechen eines Serientäters? Hat Sven doch etwas damit zu tun? Und wo hält er sich versteckt?

Inspektor Carlos Muñoz Díaz ermittelt bereits in seinem dritten Fall mit seinem Kollegen Cristiano und seiner Verlobten Sarah.

ABgehackt

Team Gran Canaria Band 1

Ein brutaler Serienmörder sucht die Urlaubsinsel Gran Canaria heim. Binnen kürzester Zeit werden die Leichen eines Obdachlosen und einer Fitnesstrainerin aufgefunden. Beide sind auf furchtbare Art und Weise verstümmelt worden. Die Ermittler der Polizei stehen vor einem Rätsel. Gibt es eine Verbindung zwischen den Opfern? Wo wird der Täter als Nächstes zuschlagen?

Unterdessen werden Sven und Jenny, seit Kurzem als Privatdetektive tätig, von einem nahen Verwandten eines der Opfer beauftragt, ebenfalls nach dem Mörder zu suchen. Doch je tiefer sie graben, umso mehr bringen sich die beiden selbst in tödliche Gefahr.

ANvisiert

Team Gran Canaria Band 3

- Ein Gong ertönte, wie bei einem Boxkampf. War das Spiel dieses Psychos vorbei? Doch was würde nun passieren? –

Nachdem auf Gran Canaria zwei Jugendliche tot aus dem Meer geborgen wurden, engagiert eine besorgte Mutter die Privatermittler Sven und Jenny, um ihren Sohn zu observieren. Die Spur führt sie zu einer Clique, in die man nur nach lebensgefährlichen Mutproben aufgenommen wird. Doch dann verschwindet erneut ein Jugendlicher, und kurz darauf ein weiterer. Die Polizei vermutet dahinter einen geisteskranken Entführer. Doch das ist nur die halbe Wahrheit. Auf der anderen Seite verbirgt sich ein uraltes, grausames Ritual, dessen Wurzeln Jahrzehnte in die Vergangenheit reichen. Letztendlich gerät Sven selbst ins Visier des Psychopathen. Wird er dem tödlichen Spiel entkommen?

Dein Tod ist mein Freund

Einzelband

**– Der Tod ist mein Freund.
Ich brauche ihn, um zu überleben. –**

Helga und Frank Körner erfüllen sich endlich den langersehnten Wunsch vom eigenen Haus und ziehen von Deutschland in die Steiermark. Allerdings wirft das Schicksal bereits am Abend ihrer Ankunft erste schwarze Schatten. Das Gefühl, beobachtet zu werden, ist nur der Anfang eines seelischen Martyriums. Helga werden mysteriöse Botschaften zugespielt, und die Nachbarn meiden das Ehepaar wie Aussätzige. Nach und nach zieht das Grauen in ihren Alltag ein, sie fühlen sich ihres Lebens nicht mehr sicher. Alle Spuren führen zu dem Haus am Waldrand, in dem vor fünfzehn Jahren ein schreckliches Verbrechen verübt wurde.

Doch niemand glaubt ihnen, bis es zu spät ist …

Ungerecht

Was würdest du tun, wenn man dir das Wichtigste nimmt?

In einem ruhigen Vorort von Graz bricht Christian Schmitz am frühen Morgen in die Villa des schwerreichen Verlegers Harald Moser ein. Er fesselt den überraschten Mann.
Im Laufe des Vormittags lockt Christian einige Personen aus Mosers näherem Umfeld unter einem Vorwand in das Haus. Er überwältigt sie alle, und ein schreckliches Spiel beginnt, in dem Christian immer tiefer in einen Strudel aus Gewalt und Blutdurst hineingezogen wird.

Was geschah in den letzten zwölf Monaten? Und was bringt einen Mann dazu, sich in einen brutalen Folterknecht zu verwandeln?